Hannelore Cayre
Das Meisterstück
Ein Fall für Leibowitz

metro

Hannelore Cayre
Das Meisterstück
Ein Fall für Leibowitz

Aus dem Französischen von
Rudolf Schmitt

Unionsverlag

metro – Spannungsliteratur im Unionsverlag,
begründet von Thomas Wörtche

Die Originalausgabe erschien 2005 unter dem Titel
Toiles de maître bei den Éditions Métailié in Paris.
Deutsche Erstausgabe

Die Übersetzung aus dem Französischen wurde
unterstützt durch das Centre National du Livre
des Französischen Kultusministeriums.

Im Internet
Aktuelle Informationen,
Dokumente, Materialien
www.unionsverlag.com

Rieterstrasse 18, CH-8027 Zürich
Telefon 0041-44-283 20 00, Fax 0041-44-283 20 01
mail@unionsverlag.ch

Umschlaggestaltung: Sarah Rutschmann, Zürich
Umschlagbild: Egon Schiele, *Akt gegen farbigen Stoff,* 1911
(Christie's Images/Corbis)
Druck und Bindung: CPI – Claussen & Bosse, Leck
ISBN 978-3-293-00390-3

… auf die Hässlichkeit,
auf die Schönheit,
auf Jean-Christophe.

»Um die Menschen zu verstehen,
muss man die Extreme erforschen.«
Simone de Beauvoir

Prolog

Herr, schenke mir Kraft …

»Wie schaffst du das bloß, dass du Pädophile verteidigst … Nein, ich könnte das nicht … Die Mörder lassen sie nach dem Urteil ohnehin gleich wieder laufen … Auch die Zuhälter … Wenn man meinem Kind auch nur ein Haar krümmt … Kastration, das ist die einzige Lösung … Du wirst doch mit kriminellem Geld bezahlt, oder etwa nicht? … Würdst du etwa gern vergewaltigt werden? … Und die Zigeuner, womit bezahlen die ihre Mercedes?«

Ich rufe Jo, den Wirt der Kneipe, und bestelle einen Rum. Ich brauche ein Trösterchen, um diesen Stuss mit einem Lächeln zu ertragen.

Na ja, ich übertreibe. Trotz eines Vornamens, den ihr kein Hotelportier abnimmt, und eines Hangs zu Gemeinplätzen ist Bergamote ein sympathisches und geduldiges Mädchen. Ganze vierzehn Tage verweigere ich mich ihr schon, ohne dass sie daran was auszusetzen fände. Angeblich ist das die neue Rollenverteilung: Die Frauen sind zu allem bereit, die Männer zieren sich und machen auf unnahbar. Vierzig bin ich und ein Perversling, doch was solls: Ich wirke wie einer, den man nicht einfach so um den Finger wickeln kann.

Dennoch wird es höchste Zeit, das Thema zu wechseln, sonst vergeht mir noch die Lust, sie zu bespringen.

»Zeig mir lieber, was du eingekauft hast.«

Sie ist selig, weil sie mir eine Freude machen kann, und leert eine Tüte der Galeries Lafayette auf der Bank aus.

Na endlich, ich bekomme einen Ständer.

Ist schon mal ein guter Anfang.

Nebenbei bemerkt: Seit sie eingewilligt hat, sich die Haare rot zu färben, sieht sie verdammt hübsch aus.

»Ich hab ein schwarzes Röckchen mit rotem Blumenmuster gefunden …«

»Bravo! Das ist ja fast der gleiche wie der von dem Mädchen auf dem Bild.«

»Eine tief ausgeschnittene beige Bluse mit kurzen Ärmeln. Ich hoffe, bei dir ist gut geheizt, weil ich mir sonst nämlich was abfrieren werde.«

»Ja … ja …«

»Gut … Und hier … diese wunderbaren Dior-Strümpfe mit schwarzem Satinstraps, der zu dem …«

Ich bin äußerst verstimmt; diese Idiotin hat überhaupt nichts begriffen von meinem masturbatorischen Projekt.

»Ich hab dir doch gesagt, dass das Mädchen auf dem Bild Wadenstrümpfe aus grober schwarzer Wolle trägt, die in Falten über die Knöchel gerutscht sind … Niemals hab ich dir irgendwas von einer Schlampenkostümierung erzählt …«

»Darauf kommts doch nicht an … Seidenstrümpfe, gehalten von diesem herrlichen Teil hier, so was ist doch wohl erregender als alte Wollstrümpfe …«

Mit einem Blick über den Tresen sucht Bergamote Unterstützung. Jo nickt mit Kennermiene, während er weiter seine Gläser trocken wienert.

»Ich weiß doch wohl, was mich erregt, oder?«

Sie seufzt.

»Entweder wir führen meine Inszenierung konsequent zu Ende, oder wir lassen es. Aber halbe Sachen kommen überhaupt nicht in Frage.«

»Gut … gut … ich geh ja schon und kauf deine Wadenstrümpfe. Ich beeil mich, die Geschäfte schließen in einer halben Stunde.«

Sie küsst mich auf die Stirn. »Du bist unverbesserlich!«

»Und überhaupt, damits perfekt wär, müsste sie unter sechzehn sein.«

1

Kaum hatte ich wieder zu schuften begonnen, steckte ich schon wieder im Schlamassel. Ein Rückfall reinster Sorte. Kaum glaubt man, geheilt zu sein, ist die Krankheit schon wieder da.

Die ersten Symptome zeigten sich im letzten Herbst, als ich mich auf Jos kluge Ratschläge hin total naiv zu dieser blödsinnigen Thalassotherapie angemeldet hatte.

»Eins, zwei, eins, zwei, schön die Knie hochziehen. Na los, Madame Rullier, nicht lockerlassen! Eins, zwei, kräftig die Pomuskeln anspannen. So ist es gut … Jetzt sind wir im Rhythmus … Hopp … Hopp … Hopp … Synchron! Los … Mehr Energie, Madame Rullier! … Tempo! … Die Knie … Höher … Hopp … Hopp … Hopp …«

Zwei Längen noch, und ich werd mich in aller Ruhe vollstopfen können, hatte ich mir gesagt, während ich untertauchte, um nicht mehr mit anhören zu müssen, wie dieser hirnamputierte Bademeister den Omas seine Befehle zubrüllte.

Von unten wirkte dieser hopsende Trupp noch absurder. Tatsächlich ließ Madame Rullier jeden Eifer vermissen, eine alte, müde Walkuh, die nicht mehr an die ganze Sache glaubte, während die synchron strampelnde Herde im lichtdurchfluteten Blau des Wassers davonschwamm.

Wider Erwarten ist ausgerechnet dort, auf dem Grund eines Schwimmbeckens, meine unter Depressionen begrabene Anwaltsseele mit einem Schlag neu erwacht.

Energie durchflutete mich; Madame Rullier und ich wurden eins. Das Leben im Allgemeinen und die Aquagymnastik im Besonderen waren mir mit einem Mal scheißegal. Ich hatte absolut keine Lust mehr, »synchron« zu sein, wollte nur noch eins: diesem respektlosen Arschloch die Faust in die Fresse hauen.

Und als ich mich dann anschickte, mit dem Kopf aus dem Wasser aufzutauchen, um Madame Rullier zu verteidigen, fand ich mich plötzlich Auge in Auge mit … mein Gott … Richterin Baroing! Die Vorsitzende der zehnten Kammer, die als Musterschülerin der ganzen Truppe munter voranzappelte. Gott sei Dank, sie erkannte mich nicht. Ich tauchte auf der Stelle wieder unter und verließ hastig das Becken, als hätte man gerade Alligatoren dort ausgesetzt.

Ich hatte ein Tabu gebrochen, eine Grenze überschritten, einen Blick in eine verbotene Welt getan. Dieses Schauspiel war wider die Natur: Die Vorsitzende einer Strafkammer hopst im Badeanzug herum. Ein Anwalt, der das sieht und bezeugen kann, verdient, geblendet zu werden. Denn er hat gegen das Grundgesetz der Sittlichkeit verstoßen.

Inkognito in meinem Bademantel huschte ich zur Bar. Als ich an der großen Fensterfront vorbeikam, sah ich, wie die Nacht hereinbrach. Instinktiv kuschelte ich mich ins Frottee ein, schaute übers aufgewühlte Meer und beobachtete, wie die spärlichen eingemummten Spaziergänger den Angriffen des Windes und des sintflutartigen Regens standzuhalten versuchten. So muss man es sich vorstellen, das Nahen des Jüngsten Gerichts: ein Vier-Sterne-Hotel am Meer, ein umherirrendes Gespenst im weißen Bademantel, das auf den Styx hinaussieht, und von ferne zieht es herauf …

Untermalt wurde das alles von der Filmmusik aus *Titanic,* in Fahrstuhlversion und Endlosschleife.

Angesichts dieser feindseligen Welt erschien es mir angebracht, umgehend mein tägliches Besäufnisritual einzuleiten.

»Ich habe gerade eine Richterin meines Gerichtshofs quasi nackt ertappt«, meinte ich zu meinem Freund Enrique, dem Barmann, statt einer Bestellung.

Dieser entschied, mir einen Baileys auszuschenken. Wahrscheinlich, damit ich mich weniger schuldig fühlte, schon um fünf mit dem Picheln anzufangen.

Meinen kleinen Schwenker in der Hand, ließ ich die Eiswürfel in der braunen Flüssigkeit langsam kreisen, auf dass der soeben durchlittene Albtraum verblassen mochte.

»Diese Schlampe lehnt sich jedes Mal in ihren Sitz zurück und schließt die Augen, sobald ich mit meinem Plädoyer anfange …«

»Haben Sie eigentlich nichts als Ihren Job im Kopf?«

»Weil die nämlich schon ganz genau weiß, wie viel Jahre Knast sie aufbrummen wird, und daran hält sie eisern fest. Sie zieht sich innerlich zurück, damit die Anwälte sie nur ja nicht umstimmen.«

»Man kommt doch zur Thalasso, um mal 'ne Auszeit zu nehmen«, erwiderte mir Enrique vorwurfsvoll.

Eine Auszeit? Eine Auszeit wovon?

Seit ich aus dem Knast entlassen und von meiner Kollegenschaft widerwillig rehabilitiert worden war, hing ich durch, wie meine Kunden sagen würden. Dass ich kein Geld mehr verdienen musste, machte die Sache nicht besser. Da konnte ich noch so dicke Geschenke springen lassen, mir die teuersten Karren kaufen, die entlegensten und albernsten Reiseziele wählen, mir blieben immer noch zwei Drittel der anderthalb Millionen Euro, die ich dafür kassiert hatte, Davis Sellem zur Flucht zu verhelfen.*

Jo, der Kneipier, sah mich dicker und dicker werden und geradewegs in den Alkoholismus schlittern. Er machte sich echt Sorgen. Eine Thalassotherapie würde mich sicher auf andere Gedanken bringen, meinte er, das hatte noch jedem geholfen.

Doch nun lebte ich schon drei Wochen zurückgezogen am Meeresgestade, und meine einzige neue Bekanntschaft war der Barkeeper. Ich ging ihm auf die Nerven mit den Erinnerungen an diesen Job, dem ich mich verweigerte, weil ich andernfalls auf direktem Weg wieder in die Bredouille geraten würde.

Ich begriff, dass genau da das Problem lag: Ich war schlichtweg unheilbar krank. Beim Versuch, endlich vernünftig zu werden, würde ich mich zu Tode langweilen. Ich war und blieb mit Haut und Haar ein Rechtsanwalt, und daran konnte ich nichts ändern.

Der Einfall einer widerlichen Horde leitender Angestellter lenkte mich von meinen Überlegungen ab. Nach ihrem Seminartag verteilten sie sich lärmend in der Hotelbar, gruppiert um ein paar Kolleginnen mit Kostümchen und Pferdeschwänzchen.

Seit drei Tagen beobachtete ich ihre Balz und schloss mit Enrique Wetten darüber ab, wer als Erster seine Josiane ficken würde. Wie alt mochten sie wohl sein, diese strotzenden Zuchtkarnickel? Dreißig? Fünfzig? Zwanzig Jahre mehr oder weniger, man konnte es nicht sagen.

Von den Bestellungen dieser Kretins schwer in Beschlag genommen, vernachlässigte mich Enrique, obwohl ich doch

---

* Siehe *Der Lumpenadvokat* (Anmerkung der Autorin)

gerade meinen neunten Baileys bei ihm bestellt hatte. Alkohol macht mich ohnehin völlig unausstehlich, und ich hatte niemanden zum Reden, also fing ich an, meinem Nachbarn und dessen Freundin, eine kaufmännische Angestellte bei … ich weiß es nicht mehr, ich war schon zu besoffen, um mir zu merken, was auf ihrem Namensschildchen stand … Ich begann, den beiden also ganz ungehemmt den Kapitalismus zu erklären.

Der Typ machte mächtig den Pfau und erzählte dem Mädchen seine Großtaten. Und ich, auf den Tresen geflätzt, nickte innigst zu all seinen Bonmots.

Ich ging ihnen auf die Nerven. Klasse! Schließlich schaltete ich mich ein: »Schon klar, seit drei Jahren rackerst du dich ab, aber dieses Jahr hat man in dem Laden endlich erkannt, dass du was in der Hose hast …«

Ich kann es ja verstehen: In einer Bar von einem unterm Frotteemantel splitternackten Säufer angemacht zu werden, das bricht die *onda,* wie die Südamerikaner sagen.

»Musst dich nicht genieren, wenn du mit Mademoiselle rumflirtest … Nur zu …«, meinte ich und machte abstoßende obszöne Gesten.

Angeekelt verließ das Mädchen die Bar, und der Typ hatte einen tödlichen Rochus auf mich. »Widerlicher Scheißhaufen!«, warf er mir wütend an den Kopf.

»Na mach schon … Geh und vernasch sie … Zeig, was du in der Hose hast … Und wenn du dann wieder im Büro bist, kehrst du gegenüber dem Personal den aufgeblasenen Scheißkerl raus … Und wer weiß, mit ein bisschen Glück, wenn du schön gemein bist, lässt man dich schon nächstes Jahr wieder ans Meer fahren …«

Als ich ihm dann auszumalen begann, wie der nächste Aufkäufer seiner Firma ihn vor die Tür setzen würde, verpasste mir das Karnickel einen Faustschlag, der mich vom Hocker fegte.

Genau in diesem Moment entschied ich, meinen Irrungen ein Ende zu setzen und nach Paris heimzukehren.

Voll der guten Vorsätze kam ich zurück. Ich brauchte eine Kanzlei, die diesen Namen verdiente, und mietete eine kleine Wohnung in der Avenue Victoria, zwei Schritte vom Justizpalast entfernt. Damit setzte ich einer mehr als zehn Jahre alten beruflichen Kohabitation mit meinem Kumpel und Amtsbruder Bertrand ein Ende. Wie ein schlechter Schüler, der beschließt, zuletzt doch noch einen guten Abschluss hinzukriegen, kaufte ich mir eine Bibliothek, wie sie der perfekte Jurist braucht. Sie war in *La Vie judiciaire* inseriert und stammte von einem verstorbenen Kollegen. Inmitten dieser Waffensammlung platzierte ich meinen neuen Schreibtisch. Falls Kundschaft kam, würde ich einen seriösen Eindruck machen.

Bertrand, der in der Affäre Sellem ja auch mein Anwalt gewesen war, schien überglücklich, dass ich mein Leben endlich wieder in die Hand nahm. Zum Abschied beglückte er mich mit einem riesigen Sack Post.

Ich machte es mir in meinem hübschen Sessel bequem und begann, meine Korrespondenz auf der Suche nach neuen Mandaten auseinanderzupflücken.

Im Nu lastete das Gewicht meiner unzähligen Berufsjahre wieder mit aller Macht auf meinen Schultern. Abonnementserneuerungen für irgendwelche Zeitschriften zum Handelsrecht, deren Titel ich kaum kapierte. Bedrohliche Mahnungen des Fiskus, der Sozialversicherung, der Familienkassen. Geschädigte, die sich darüber beschwerten, nicht entschädigt worden zu sein …

Dann die Kreuze, unter denen ich seit Ewigkeiten ächze: mindestens dreißig Briefe von Ben Oufa aus seiner Haftanstalt. »Hr. Anwald, mir is elent, ich werd mich umbringen, und meine mamma wird sich auch …« Na ja, er hatte immerhin fünfzehn Jahre wegen vierfacher Vergewaltigung bekommen, der dicke Ben Oufa. Hätten die Mädchen erkannt, wie sehr dieser arme Teufel seine Mutter vergötterte, sie wären, bin ich mir sicher, versucht gewesen, das Ganze mit dem Mantel des Vergessens zuzudecken. Bei der Schwurgerichtsverhandlung hatte ich nicht übel Punkte gemacht, doch dann hatten die arabischen Schimpftiraden, welche die ungeheure, in ihren muslimischen Schleier eingepackte Madame Ben Oufa den Opfern entgegenschleuderte, mir das Parkett doch ein klein wenig seifig gemacht.

Dann waren da Drohbriefe von Mademoiselle Bergounian, die von Unbekannten in ihrem Studentenwohnheim mit Rohypnol betäubt und sodomisiert worden war. Nichts half, sie verstand einfach nicht, warum die Ermittlungen nicht vom Fleck kamen, obwohl man doch dreierlei verschiedene Spermen in ihrem Anus gefunden hatte. Was konnte ich da ausrichten? Es ist immer ratsam, sich von Typen mit einer polizeilich einschlägig registrierten DNA vergewaltigen zu lassen, statt von irgendwelchen Dahergelaufenen, die hierher kamen, um Französisch zu studieren.

Außerdem hatten mir noch ein paar Typen geschrieben, um mich als Anwalt zu bestellen. Als ich dann binnen Wochenfrist nicht im Gefängnis auftauchte, schrieben sie nochmals, um mich in die Wüste zu schicken oder zu beschimpfen.

Lediglich Aziz, einer der jüngeren Choukri-Brüder, war soeben erst geschnappt worden, sodass ich mir bei seiner Untersuchungsrichterin noch fristgerecht eine Besuchserlaubnis besorgen konnte. Die Choukris waren Kokainschieber aus dem Departement Essonne, deren Ruhm mühelos bis ins Stadtzentrum vorgedrungen war. Amin und Ichem hatten vor ein paar Jahren noch die großen Pariser Feste mit Schnee versorgt, vor allem aber Tarik, den man den »Irren« nannte, nachdem zweien seiner Kompagnons, die auf eigene Rechnung arbeiteten und ihn bescheißen wollten, allerlei Unbill widerfahren war.

Die Choukris waren meine erlesensten Kunden. Ich hatte sie bereits als halbe Kinder vor dem Jugendrichter verteidigt, und sie waren mir treu geblieben.

Die Wechselfälle des Metiers hatten sie genötigt, etwas kürzerzutreten. Tarik brummte dreißig Jahre im Zentralgefängnis von Moulin ab und dirigierte sein Völkchen mittels eingeschmuggelter Mobiltelefone. Amin und Ichem waren nach drei Jahren auf Bewährung freigekommen und lieferten unter dem umsichtigen Auge des Strafvollzugsrichters Pizza aus.

Aziz war stets insofern der Außenseiter gewesen, als er Dope nie angerührt hatte. Dadurch hatte er sich ein wundersam jungfräuliches Strafregister bewahren können. Er verlegte sich aufs Einbrechen und besuchte die Wohnungen von Bälgern reicher Leute, die seine Spitzel, allesamt Dealer und ehemalige Kollegen seiner Brüder, mit Koks versorgten. Er klaute schnell und teuer, denn er verfügte über ein gutes Hehlernetz. Und operierte immer nur am helllichten Tag während der Arbeitszeit von Monsieur, der Gymnastikstunde von Madame und den Univorlesungen des Sprösslings mit der Nase voll weißen Pulvers.

Amel, Aziz' Zwillingsschwester, ein Engel an Sanftheit, war die Einzige mit einem richtigen Job: Croupière im Casino von Forges-les-Eaux.

An der Spitze der Pyramide stand die geplagte Madame Choukri, Kolonialwarenhändlerin in Evry. Eine große Philosophin, diese Madame Choukri. In heiterem Fatalismus fand sie sich ab mit der Tatsache, dass ständig mindestens ein Drittel ihrer Sprösslinge im Bunker hockte. Ich rief sie kurz an und bestätigte ihr, ich würde den Fall ihres Sohnes gerne übernehmen.

In dem Haufen Post befand sich auch eine ganze Reihe Briefe eines gewissen Marcel Lazare. Marcel Lazare ... Das sagte mir nichts. Als ich die Poststempel auf den Umschlägen verglich, realisierte ich, dass er seit sechs Monaten eine einseitige Korrespondenz mit mir pflegte. Dass ich nicht geantwortet hatte, schien ihn nicht zu stören.

Lazare saß im Zentralgefängnis Clairvaux und berichtete mir laufend Neuigkeiten von seiner Verhandlung. Und er kommentierte auch alles, was an Informationen über mich zu ihm gelangte.

Offensichtlich wusste er, dass ich für den schändlichen Dalil Lakdar selig gearbeitet hatte, den Anwalt der vier Typen, die einen Geldtransporter der Banque de France überfallen hatten. Er wusste auch, dass Lakdar mich wegen meiner Ähnlichkeit mit Sellem benutzt hatte, dem Einzigen aus der Bande, der geschnappt worden war und lebenslänglich bekam. Und er ahnte zumindest, dass ich Sellem zur Flucht verholfen und dafür einen dicken Packen Kohle eingestrichen hatte. In einem dieser Briefe prophezeite er mir sogar, ich würde auch nach meiner Freilassung Anwalt bleiben. Denn wenn einer – so sagte er – die Lächerlichkeit überlebt, Christophe Leibowitz-Berthier zu heißen, so überlebt er alles.

Während ich Brief um Brief hervorklaubte, näherte ich mich zwangsläufig dem Boden des Sacks und folglich auch der Genese seiner Geschichte.

Da traf mich die Erkenntnis wie ein Blitz.

Tatsächlich. Anderthalb Jahre zuvor hatte Lazare mich kontaktiert, um mir seinen Fall darzulegen: Damals war er dreiundsiebzig gewesen und verbüßte fünfzehn Jahre Gefängnis wegen Drogenvergehen im Wiederholungsfall. Ihm blieb noch die Hälfte abzusitzen. Doch ein Darmkrebs, der trefflich den Kriterien des Kouchner-Gesetzes entsprach – *ein Krankheitsbild mit tendenziell letaler Prognose,* bot ihm die Aussicht auf vorzeitige Entlassung. Er brauchte einen Anwalt und hatte aus unerfindlichen Gründen ausgerechnet mich gewählt. Also hatte ich seinerzeit für ihn das Gesuch beim Strafvollzugsrichter eingereicht.

In diesen anderthalb Jahren war so viel passiert, dass ich das vollkommen vergessen hatte. Unterdessen aber war die Akte im Takt der Gutachten und Gegengutachten ganz von allein hin und her gependelt.

Zwar erlaubt dieses Gesetz die Freilassung, doch besteht die Justiz auf ein wenig Spielraum, sodass nach einem wunderbar schleppenden Rechtsgang die meisten dieser Häftlinge hinter Gitter abkratzen. Ausgenommen natürlich die aus den besseren Kreisen, denn alle Welt weiß, dass Großbürger es immer eilig haben.

Marcel Lazare weckte meine Neugierde.

Sein Fall kam am 9. November vor Gericht, und wir hatten den 6. – das ließ mir gerade noch genug Zeit, Aziz in der Haft einen kleinen Besuch abzustatten. Dann würde ich mich eiligst auf den Weg nach Clairvaux machen.

Ich startete also mit zwei Fällen. Nicht überwältigend, aber kein schlechter Anfang. Vor allem wenn es mir gelang, die Heimsuchungen meiner eigenen Haft fruchtbar zu machen: Ein Rechtsanwalt, der reingewaschen aus dem Stahlgewitter des Knasts kommt, ist ganz bestimmt ein Ass.

Nachdem ich meine Post sortiert hatte, blieb noch ein kleiner, aber bedrohlicher Stapel von der Finanzverwaltung zu sichten, dem ich mich leider nicht entziehen konnte.

Eine gewisse Marie-France Rongier, Steuerinspektorin, hatte mehrere Male Auskünfte über meinen Finanzstatus eingefordert und sich danach um ein Rendez-vous mit mir bemüht. Vergebens. Schließlich war dem Luder der Kragen geplatzt, und sie hatte mich zwangsweise, per Schätzungsentscheid, mit einer fantastischen Summe veranlagt.

Ich hatte mich doch nicht auf derart wundersame Weise aus der Bredouille befreit, um mich nun wie Al Capone wegen irgendwelcher Steuergeschichten nageln zu lassen. Ich musste sie unbedingt und sofort aufsuchen, denn die Anwaltskammer würde mir im Falle einer Steuerbetreibung garantiert den Garaus machen.

Also ließ ich alles stehen und liegen und brach zu Marie-France Rongiers Eroberung auf.

2

Marie-France, im strahlenden Zenit ihrer Vierziger, betrachtete mich über den Rand ihrer Schuldirektorinnenbrille hinweg. Meinerseits hatte ich eine den Umständen angemessen zerknirschte Miene aufgesetzt.

»Ich war auf Reisen.«

»Es ist trotz allem bedauerlich, dass man zum Äußersten greifen muss, um sich bei Steuerpflichtigen Gehör zu verschaffen … Sie haben demnach niemanden, der Ihre Einschreiben abholt? Ich dachte, Rechtsanwälte würden niemals Urlaub nehmen?«

»Ich wollte etwas kürzertreten …«

Da mich die nur vom Klappern ihrer Tastatur unterbrochene Stille ängstigte, gab ich mich meiner Lieblingsbeschäftigung hin: der eingehenden Sondierung des feindlichen Territoriums.

Marie-France hatte an die Wände des Büros eine Kollektion sehr hässlicher Zeichnungen ihrer drei Söhne geheftet, auf denen sie als Übermama, größer noch als ihr Haus, zu sehen war. Unbedingt musste ich ihre Sympathie gewinnen, und keinesfalls durfte sie meine stumme Niedergeschlagenheit für einen Mangel an fiskalischem Bürgersinn halten. Ich suchte also nach verbindenden Worten.

Mit dem Finger zeigte ich auf die Zeichnung desjenigen aus dem Wurf, der Cédric hieß: »Ich sehe, Sie leben in einem Einfamilienhaus«, meinte ich mit einem großen Lächeln.

Ihr Blick schweifte ab von meinen Steuerdaten, wanderte

hinüber zur Zeichnung und versank kurz in einer süßen Traumwelt. Ein Seufzen.

Ich setzte meine Ermittlung fort. Offensichtlich war meine Freundin Marie-France sehr angetan von den Dalí, die sie sich im Jahr zuvor in Barcelona angeschaut hatte.

Hier und da festgezweckte Postkarten verrieten mir, dass sie gute Freunde hatte, die sich regelmäßig aus den für Steuerprüfer standesgemäßen Urlaubsorten meldeten: Griechenland, Antillen, Tunesien und Marokko.

Namentlich eine gewisse Liliane schien eine rechte Ulknudel zu sein, zu schließen aus den frivolen Karten, die sie verschickte. »Niemals werden die es wagen, so was im Büro aufzuhängen«, dürfte Liliane sich ins Fäustchen gelacht haben, damals auf den Balearen, in ihrem pauschal gebuchten Hotel all-inclusive, mit heimischem Rosé à discrétion … Da kennst du Marie-France aber schlecht, die wagt alles.

Ich bemerkte ein Kettchen an ihrem Fußknöchel … Aha, eine kleine Schlampe, diese Marie-France. Die Sorte kennt man, geht mit ihrem Ehegatten in der Banlieue auf Gruppensexpartys. Oder noch lieber im Urlaub bei Freunden in den Landes, weil man dann die Kinder beaufsichtigen lassen kann und weil es diskreter ist.

Dieses Luder!

Ich kam in Fahrt, begann mich wohlzufühlen und stellte mir Marie-France in Croupade-Stellung vor, in einem Fertighaus am Rand einer Nationalstraße … Da kam die Frage: »Wo waren Sie denn?«

»In Marokko.« Es war das Erste, was mir in den Sinn kam.

Ihr Blick löste sich abermals vom Bildschirm und verlor sich in Erinnerungen an den Hohen Atlas, seine Farben und die gegenüber Touristen so höflichen Marokkaner. »Marokko ist schön.«

»Ja, allerdings etwas heiß.«

Mist! Falsche Antwort. In ihrem Blick las ich, dass sie mich blöd und oberflächlich fand. Wahrscheinlich dachte sie, völlig zu Recht im Übrigen, ich würde zu dieser Sorte von Typen gehören, die in Hotelbars rumlümmeln und sich keinen Deut für die so bereichernden Begegnungen mit den Einheimischen interessieren.

Schweigen. Ich setzte meine Ermittlung fort. Sag mal … Das ist doch sie, auf der Bühne in dieser kultigen Rateshow. Die war ja wirklich nicht irgendwer, diese Marie-France! Die hats faustdick hinter den Ohren.

»Sie machen Strafrecht?«

»Ja, ausschließlich.«

»Ich verstehe«.

Die Feindseligkeiten sind eröffnet.

»Was verstehen Sie?«

»Sagen wir mal, es kommt eher selten vor, dass Kriminelle ein Scheckheft besitzen. Ich verstehe, das ist alles!«

Dumme Ziege. Schlagartig hatte ich den Drang, unangenehm zu werden, spürte aber instinktiv, dass ich die Klappe halten musste. Und außerdem, womit konnte man eine solche Frau verletzen? Im Zenit ihrer Existenz, drei Kinder, so robust wie Viren, ein Ehemann, der sie zum Orgasmus bringt, und ein frei stehendes Einfamilienhaus. Marie-France war unbesiegbar. Ich hatte die entsetzliche Gewissheit, sie könnte mir mindestens fünf Nebenflüsse des Zambezi nennen, einfach so, zack, ohne nachzudenken.

»Eigentlich sollte sich zwischen uns ein konstruktiver und wie nur irgend möglich höflicher Dialog entwickeln: Das steht hier, in dem Faltblatt, das ich aus Ihrem Wartezimmer mitgenommen habe. Ich lese es Ihnen vor: »Der Inspektor ist ein ausgebildeter Fachmann und wird es, aus einleuchtenden

Gründen der Psychologie, so weit wie nur irgend möglich vermeiden, gegenüber seinem Gesprächspartner ein Klima des Misstrauens oder eine Konfliktsituation herzustellen.«

»Ich werde Ihnen also Komplimente zu Ihrem netten Hermès-Anzug machen, wo ich doch sehe, dass Sie, nach Abzug Ihrer Betriebsausgaben, für den Lebensunterhalt nicht mal mehr über den Betrag des staatlichen Wiedereingliederungsgelds verfügen.«

Unerbittliche Marie-France; obendrein hatte sie Humor.

»Der Anzug ist ein Geschenk«, meinte ich zwischen den Zähnen.

»Schmollen Sie nicht, Monsieur Leibowitz, ich versuche ja nur, einen höflichen Dialog zu entwickeln. Sind Sie zufrieden mit dem schönen nagelneuen Mercedes CLK, aus dem ich Sie durch mein Fenster habe aussteigen sehen?« Sie deutete auf meinen herrlichen Wagen, der mitten auf dem Parkplatz thronte.

»Was spielen wir hier? Etwa *Was kostet das?* Der gehört mir nicht, dieser Wagen. Er gehört einem Freund, und er hat ihn mir geliehen, damit ich ihn einfahre.«

»Regen Sie sich nicht auf, Monsieur Leibowitz! Ich hoffe bloß, Ihr Freund bezahlt Ihnen auch die Tankfüllungen. Wenn Sie wollen, dass ich diese Zwangsveranlagung revidiere, benötige ich die Buchhaltung Ihrer letzten drei Geschäftsjahre sowie Ihre persönlichen Bankauszüge und die Kontrollabschnitte Ihrer Scheckhefte.«

»Ich habe die Hälfte des letzten Geschäftsjahres im Gefängnis verbracht, und die Jahre davor habe ich keinen Sou verdient. Seither leide ich an Depressionen. Ich arbeite sehr wenig, esse kaum, und immer nur ganz einfach. Und was Marokko betrifft, ich bin von Freunden eingeladen worden, die mir die Reise bezahlt haben.«

»Sie haben gute Freunde, Monsieur Leibowitz.«

»Es gibt Leute, die mich mögen.«

»Es gibt aber auch Leute, die mir geschrieben haben und die Sie nicht mögen.«

»Wissen Sie, man muss nicht alles glauben, was man so liest.«

»Ich für mein Teil glaube nichts, Monsieur Leibowitz, ich rechne. Und wenn die Rechnung nicht aufgeht, dann schätze ich ein.«

Mathematische Marie-France.

»Wir sehen uns in dreißig Tagen wieder. Gern auch früher, falls Ihre Unterlagen bereit sind.«

Ein Lächeln und ein viriler Händedruck. Beides soll anzeigen, dass der Steuerbeamte immer sachlich bleibt und seinen Fall niemals zu einer persönlichen Angelegenheit macht. Und jetzt hopp, raus mit dir.

Klarer Fall. Sie hatten einen Pac-Man auf mich losgelassen. Mit aller Macht des Gesetzes, schrankenlos. Zum Kotzen ist das, dachte ich, als ich wieder in meinen Wagen stieg.

3

Um Aziz Choukri im Gefängnis La Santé zu besuchen, musste ich als Erstes bei der Untersuchungsrichterin Laurence Bertault eine Genehmigung einholen.

Ich beglückwünschte mich, an diese Gerichtsbeamtin geraten zu sein. Anders als der Großteil ihrer Zunft war sie keine, die einen Wortwechsel mit einem Rechtsanwalt als zoophile Praktik betrachtete; und auch keine, die meine Jungs in der Untersuchungshaft einfach vergaß: »Wer, sagen Sie? Bei mir soll so was sein? Hätten Sie vielleicht das Aktenzeichen?«

Ich klopfte an die Tür des Geschäftszimmers: keine Antwort.

Da das weiß-rote Kärtchen »Einvernahme, nicht stören« umgedreht war, folgerte ich, dass die Richterin sich nicht in irgendeiner Amtshandlung befand, und entschied, die Tür einen Spalt zu öffnen.

»Maître, hätte ich Sie sehen wollen, dann hätte ich Sie aufgefordert, einzutreten«, fuhr mich eine Stimme an, die ganz gewiss nicht die von Richterin Bertault war.

Horror!

»Oh, Christophe Leibowitz …«, erklang da unversehens eine andere Frauenstimme in einem Ton, als entdecke sie gerade einen Marienkäfer auf ihrem Jackenärmel.

Garance Leclerc.

Bilder schossen mir durch den Kopf wie bei einer Nahtoderfahrung: Garance mit einer Salatgurke im Hintern, Garance und ihre dicken Brüste, Garance, die noch mal will …

»Leibowitz … Der Streik im ersten Semester … Deine Reform, steck sie dir sonst wo hin! In den A… in den A… in den Aktenschrank …«, trällerte Garance.

»Savary-Gesetz, 1983 …«

Die Worte erstarben mir im Mund.

Noch mehr Bilder: die unbändige Garance zwischen all den schönen Gazellen der Rechten von der Jurafakultät Panthéon-Assas, die Brüste vorgereckt, die Faust empor. Garance mit ihren viel zu engen Blusen, wie sie in der Vollversammlung das Wort ergreift. Garance, mit Haut und Haaren gegen das Hochschulrahmengesetz. Die unersättliche, die erfindungsreiche Garance, die mich bis zum letzten Tropfen auslaugt, sodass ich ihretwegen meine Prüfung verpatze.

Garance …

»Weißt du, meine Töchter glauben mir nicht, wenn ich ihnen sage, dass ich die Revolution mitgemacht hab«, erklärte mir Richterin Garance und ballte die Fäuste in einem imaginären Kampf gegen die Sicherheitspolizei.

Ein Streik von Studenten in Anzug und Krawatte, organisiert von den Faschos der GUD, der »Gruppe Einheit und Verteidigung«, gegen eine der ersten Reformen der Regierung Mitterand: Ja, wenn das keine Revolution ist!

»Du hast also Kinder.«

»Drei Töchter! Zwanzig, sechzehn und acht.«

Welche Absichten verfolgte Gott wohl, als er Frauen wie Garance zur Vermehrung ermunterte. Sie hatte sich nicht verändert. Ihre Brüste waren lediglich etwas üppiger und sie selbst Richterin geworden.

»Und du? Ganz der Alte?«, meinte sie und schnitt dabei eine Grimasse, die Bände sprach über ihre damalige Wahrnehmung meiner armseligen Person.

Ich versuchte, das Thema kurzerhand zu wechseln, um dieser Hölle zu entrinnen: »Ich komme wegen Aziz Choukri.«

»Aha! Wir sind per Zufall auf ihn gestoßen, nachdem wir bei einem Hehler eine alte Taschenuhr entdeckt haben. Dieses Teil gehört zu einer Reihe von Gegenständen, die vor einem Jahr bei einem hohen Beamten des Finanzministeriums entwendet worden sein sollen.«

»Aziz Choukri hat ein jungfräuliches Strafregister.«

»Du tust gut daran, ›Aziz‹ zu betonen, denn der Rest der Familie …«

Aber klar doch … ›Wenn dus nicht getan hast, dann eben dein Bruder.‹ Ich beschloss, nicht darauf einzugehen.

»Die Staatsanwaltschaft hat sehr großen Nachdruck darauf gelegt, dass er in Haft kommt.« Um ihre Worte zu untermauern, wedelte Garance mit einem Fax aus dem Büro des Justizministeriums vor meiner Nase herum. Genau die Sorte Papier, welche Untersuchungsrichter hassen, weil sie solche Winke mit dem Zaunpfahl als Beeinträchtigung ihrer Handlungsfreiheit und einen Quell von Scherereien ansehen.

Gott sei Dank erlaubte mir das Hereinplatzen eines Kollegen, diesem unerquicklichen Gespräch ein Ende zu setzen und in aller Ruhe die Akte zu studieren.

Der Hehler hatte ausgesagt, Choukri habe ihm die Zwiebel gut ein Jahr zuvor anvertraut, in der Hoffnung, ein annehmbares Angebot von Seiten eines Sammlers zu bekommen. Die Uhr gehörte einem gewissen Xavier Crespin de Fontanille, wohnhaft in der Rue de Grenelle. Außer einigen unbedeutenden Gegenständen hatte man ihm sieben wundervolle Werke entwendet, die mit Fotos in der Akte aufgeführt waren. Eine Zeichnung von Picasso, sehr wahrscheinlich aus seiner Rosa Periode, einen kleinen und ziemlich hässlichen Juan Gris, einen Matisse, zwei Chagall, einen Rousseau, zwei

Wölfe in einem üppig wuchernden Wald, und ein kleines Gemälde Max Ernsts von unglaublicher Schönheit.

Dies alles war ein wahrer Schatz und unmöglich zu verscherbeln, es sei denn, man kannte einen Privatsammler oder einen Hehler von internationalem Renommee, und zwar persönlich. Zum Profil eines Typs, der trotz allem ja bloß ein kleiner Scheißer aus Evry war und Schmuck sowie Elektronikkram der Spitzenklasse klaute, passte das hinten und vorne nicht.

Auf das Eckchen eines Blattes kritzelte ich die Bitte, mir eine Kopie der Akte anzufertigen, und hinterlegte alles im Zentralsekretariat, um nicht wieder in Garances Büro gehen zu müssen.

Dieses Vorverfahren versprach ja das reinste Zuckerschlecken zu werden, zumal mit meiner ehemaligen Verlobten an den Schalthebeln. Sie hatte mich zwar davongejagt, aber ich erinnerte mich sehr wohl, wie ich ihr stundenlang Lust verschafft hatte. Bestimmt hatte sie mir deswegen eine gewisse Dankbarkeit bewahrt.

Die Gehsteige rund um die Santé waren von einer unendlichen Tristesse, seit das Strafgesetzbuch einige Monate zuvor die sogenannten wilden Gefangenenbesuche am Boulevard Arago verboten hatte. Früher waren die armen Häftlingsfrauen auf ihre Autos gestiegen, hatten den Insassen ihre Kinder gezeigt oder ihren Männern Liebesschwüre zugerufen. Jetzt riskierten sie dafür bis zu ein Jahr Knast. Schlaft schön, ihr guten Leute vom Boulevard Arago.

Nachdem ich meinen Anwaltsausweis gegen den kleinen rosa Button eingetauscht hatte, betrat ich den Sprechbereich. Der Hauptgang trennte die beiden Reihen der für die Anwälte bestimmten Glaskabinen. Jene Kabäuschen, in denen die juristischen Mitarbeiterinnen der Strafrechtler von ihren Bossen zur Schau gestellt werden.

Das Rotlichtviertel.

Auf ihren Stühlen sitzend, warten sie auf den Kunden, ganz brave Mädchen.

Der kleine Choukri kam, in diesem Universum völlig in seinem Element, auf mich zu und drückte mir die Pfote.

Sein Fall war, alles in allem, ganz klassisch. Er benutzte stets dieselben Hehler, effiziente Typen, die ihm genau sagen konnten, was sich am besten absetzen ließ. Aziz zufolge wollte der Kerl, der ihn verpfiffen hatte, die Zwiebel zunächst nicht haben, nahm sie dann aber doch, weil er darauf gedrängt habe. Viel später dann, bei einem ganz anderen Geschäft, hätten die beiden Männer sich überworfen und entschieden, nicht mehr zusammenzuarbeiten. Die Uhr sei in irgendeiner Ecke liegen geblieben, wurde vergessen und moderte unter dem Staub.

Was hiermit sein Bewenden hätte haben können, war jedoch schwer in die Hose gegangen: Der Hehler wurde verhaftet, und die jüngste Raffinesse in Sachen Strafprozessordnung hatte das Denunziantentum zur Institution gemacht! Also hatte der Hehler Choukri, den Zwiebeldieb, denunziert, um in den Genuss einer ordentlichen Strafmilderung zu gelangen. Mit ihm arbeitete er ja schon lange nicht mehr zusammen, und seine aktuellen Geschäftspartner waren dadurch auch fein raus.

»Aufgrund der Aussage eines Hehlers wird sie dich nicht lange hierbehalten, dazu noch wegen einer alten Uhr«, meinte ich, um ihm Mut zu machen.

Statt einer Antwort wiegte Aziz den Kopf hin und her.

»Was den Diebstahl der Bilder angeht, wird sie rasch kapieren, dass du damit nichts zu tun hast. Vielleicht sind die überhaupt nie geklaut worden. Der Eigentümer nutzt deinen Einbruch bei ihm aus, um einen Versicherungsbetrug zu kaschieren …«

»Tja, doch, das bin schon ich, der diese Bilder hat …«

Ich fiel aus allen Wolken.

»Dieses Söhnchen Crespin von und zu Arsch, das hat sich bei meiner Schwester im Casino Schnee reingezogen. Ich hab sofort gesehen, dass der Kerl vor Geld stinkt. Ich bin volles Risiko für nichts eingegangen, denn als ich dann drin war, gabs dort gar nichts zu stehlen, also hab ich alles gegriffen, was in meine Sporttasche reinging. Wie ich dann im *Parisien* von dem Diebstahl und allem Übrigen gelesen hab … das war heiß!«

»Und wo sind die jetzt, diese Gemälde?«, fragte ich bestürzt, während ich mir die Wunderwerke in Lidl-Tüten verpackt auf dem nackten Boden hinter einem Stapel DVD-Spieler vorstellte.

»In der Box, in der ich meine Sachen bunkere. Das Tor ist gepanzert.«

»Und wo ist diese Box?« Er fing an, mich zu nerven. Ich verabscheute es, meinen Häftlingen die Würmer aus der Nase ziehen zu müssen wie irgendein hundsgewöhnlicher Bulle.

»Unter den Sozialwohnungen bei der Place des Fêtes in Paris. Ich wollte sie nicht in Evry bunkern. In Evry lebt ja meine Mutter …«

Ohne ein weiteres Wort betrachtete Aziz Choukri eine ganze Weile seine Fingerspitzen, bis er dann die Ecke eines Nagels mit den Zähnen in Angriff nahm.

»… Aber die Schlüssel von der Box, die sind in meinen Sachen aus der Taschenfilze … Verdammt, echt ätzend! Ist aber auch ein Arschloch, dieser Hehler. Tarik wird den schon rösten.«

»Tarik sollte besser die Box ausräumen, bevor die Bullen den Schlosser finden, der dir das gepanzerte Tor eingebaut hat.«

»Hast recht, ich werd ihn anrufen. Mein Mithäftling hat ein Handy.«

Tarik hatte aus der Strafanstalt, in der er inhaftiert war, bereits zwei Morde in Auftrag gegeben. Einen Tiefgarageplatz leer zu räumen war für ihn ein Kinderspiel. Ich konnte beruhigt gehen.

4

Schon am nächsten Tag machte ich mich beschwingt auf den Weg nach Clairvaux, um Marcel Lazare zu treffen, den Typ, für den ich eine medizinisch bedingte Haftverschonung erwirken sollte.

Unterweges musste ich am Gerichtshof von Troyes haltmachen, um die Akte des alten Mannes einzusehen.

Die Gerichte in kleineren Städten enttäuschen mich nie. Der Justizpalast liegt stets an der *Place du Palais de Justice.* Bestenfalls gibt es eine Strafkammer, die ein paar Tage die Woche tagt, und zwei Untersuchungsrichter, die sich permanent duellieren. Dazu eine Handvoll Rechtsanwälte, die allesamt mindestens einmal in ihrer Laufbahn Präsident der Anwaltskammer oder Mitglied des Kammervorstands sind und sich blendend mit den Justizbeamten verstehen. Diese klcine Gerichtswelt bildet zusammen mit den anderen freien Berufen dieses Fleckens, den Ärzten, Zahnheilkundlern und Fußpflegern, den von Balzac so treffend geschilderten kläglichen Gotha: *die Provinznotabeln.*

Die Gerichtsschreiberin betonte zweimal, dass sie um elf Uhr dreißig zum Mittagessen gehe. Da ich mich jedoch nicht rührte, übergab sie mir die Akte und zeigte angewidert zur Bibliothek des Kammervorstands, in der ich einen Tisch fände, um die Akte zu studieren.

Als ich dann die Räumlichkeiten der Anwaltskammer betrat, richteten sich, in einer einzigen synchronen Bewegung, sechs Augenpaare auf mich und musterten mich so eindringlich, dass ich nicht umhin konnte, meine Identität preiszugeben: »Leibowitz, Anwaltskammer Paris … Guten Tag, Herr Kollege … Guten Tag, Herr Kollege … Leibowitz, Anwaltskammer Paris …«

Das Wort »Paris« verfehlt niemals seine Wirkung bei einem Provinzanwalt. Zurück kommt das unvermeidliche »Ah!«, nichtssagend, aber bedeutungsschwanger. Muss man ja verstehen. Wenn so einer in seinem Blättchen liest, ein erfolgreicher Schieber habe sich in seinem Städtchen schnappen lassen, so weiß diese Stütze der Gesellschaft genau: Dieser Undankbare wird einen Strafrechtler aus Paris bestellen. *Arrivederci,* dicke Knete.

Ist der Tag der Verhandlung dann gekommen, wird besagter Strafverteidiger in seiner ganzen Hoffart die Bühne betreten und das gute Frankreich, das in seiner Langeweile Prozesse konsumiert wie Shows, sagen: »Dagegen ist nichts einzuwenden, dieser Pariser da, plädieren kann er …«

Was ich in Lazares Akte entdeckte, hätte mich ob seiner notorischen Neigung zu Schwindel und Betrug alarmieren müssen. Doch wie immer trübte der Umstand, dass man mich, Christophe Leibowitz, und niemanden sonst zum Anwalt bestimmt hatte, meine Urteilskraft.

Der Alte hatte ein Strafregister, so lang wie ein Arm. Seine Laufbahn begann 1945 in Fresnes. Anschließend Indochina, dann mehrere Jahre Söldner in allerlei faulen afrikanischen Konflikten, dazwischen mehrmals Knast. Drei Jahre hier, fünf Jahre dort. In seinem langen Lebens hatte er mindestens fünfundzwanzig Jahre Gefängnis aufgebrummt bekommen, und das, ohne irgendjemanden umgebracht zu haben. Hehler, Fälscher, Dieb, Waffen- und Rauschgiftschieber, nichts hatte er ausgelassen.

Ich las die Stellungnahme der Staatsanwaltschaft; sie war desaströs. Der Generalstaatsanwalt warf Lazare vor, ein Rädelsführer zu sein, dazu aufsässig, ferner Verbindungen nach draußen zu unterhalten. Kurzum, der ideale Kandidat für einen Rückfall. Er erlaubte sich sogar einen medizinischen Kommentar: Offensichtlich sei Lazare ein Simulant, und dieser Darmkrebs sei keineswegs so weit fortgeschritten, wie behauptet werde. Somit sei zwingend geboten, dass er seine Reststrafe verbüßen müsse.

Das Zentralgefängnis von Clairvaux. Beeindruckend!

Ich zeigte dem Pförtner meine Genehmigung und betrat die Abtei, die Frankreichs verhasstestes Zuchthaus beherbergt. Dort versorgt man die härtesten Dickschädel, die Lebenslänglichen ohne Entlassungstermin. Für einen Strafrechtler hat Clairvaux den gleichen Stellenwert wie Memphis für einen Rocker oder Zion für einen Rasta. Ein Heiligtum des Strafvollzugs. Da leben die Erinnerungen auf: blutige Ausbrüche. Meutereien. Ständig Zwischenfälle … Die »Hühnerkäfige«, diese Zellen à la Louis XI, ein Meter fünfzig auf zwei, mit Holzgittern. Erst 71 waren sie stillgelegt worden, im Jahr, als Buffet, begleitet vom armen Bontemps, einem Wächter und einer Krankenschwester die Kehle durchschnitt. Hier wird anschaulich, was die Anwälte den Richtern so erbittert begreiflich zu machen versuchen: Die Gesellschaft gewinnt nichts, wenn sie einen Menschen so weit in die Enge treibt, dass er nichts mehr zu verlieren hat.

Lazare war genau so, wie ich ihn mir vorgestellt hatte: steif und hager, das Kinn hoch gereckt – ein altgedienter Soldat. Einer, der sich nie gehen lässt. Dem man lieber nicht widerspricht und mit dem man schon gar nicht Streit sucht. Ein alter Söldner mit sonnegegerbtem Gesicht und klarem, durchdringenden Blick. Der viel gesehen hat von dieser Welt.

Er drückte mir die Hand und zermalmte sie fast.

Wie alle alten Gangster war er ein wandelndes Lexikon des Kerkerlebens, und er wusste alles über sämtliche Startenöre der Pariser Anwaltskammer der letzten fünfzig Jahre. Ich fühlte mich geschmeichelt, dass er mich für sein letztes Ehrengefecht auserwählt hatte.

Ohne Umschweife kam ich zum Kern der Sache: »Heute Morgen habe ich in Troyes Einsicht in Ihre Akte genommen. Der Generalstaatsanwalt ist gegen Ihre Freilassung. Ich muss sagen, Anträge von einer derartigen Schärfe habe ich noch selten gelesen. So was ist ungewöhnlich bei einer medizinisch bedingten Haftverschonung.«

»Diese miese Tunte hält sich für einen Kämpfer für die Gerechtigkeit.«

»Seien Sie unbesorgt, das ist fast immer der Fall. Aber in seiner Stellungnahme zu Ihnen war er besonders gehässig.«

»Er glaubt, dass er endlich den Fall des Jahrhunderts in der Hand hält. Marcel Lazare: der Sohn von Victor Lazare, dem Chef der Miliz in Moulins. Ein großer Fisch, dieser Marcel Lazare. Ein Paul Touvier in Kleinformat. Diese Geschichte wird mir bis zu meinem letzten Atemzug am Arsch kleben.«

Wovon redete er bloß?

Die Miliz … *Maréchal nous voilà* … Zu Diensten, Maréchal … Darnand, Chef der *Milice française* … Ja … Das war es wohl, vom Alter her konnte es stimmen. Die Miliz, dieser Haufen alter Haudegen, hatte die Zivilbevölkerung terrorisiert und die Juden an die Deutschen ausgeliefert … Die meisten dieser Dreckskerle hatte man bei der Befreiung erschossen, zumindest jene, die man hatte aufspüren können.

»Das ist lächerlich! Seit 1789 sind Kinder nicht mehr verantwortlich für die Fehler ihrer Eltern«, sagte ich vage.

Ich traf voll ins Schwarze, denn augenblicklich kam seine Reaktion. »Ah ja? … Warum leben die Kinder von Kollaborateuren dann im Ausland oder haben die Namen ihrer Mütter angenommen? Philippe, Darnands Sohn, ist in Spanien. Chantal und Pierre Touvier heißen nicht Touvier, und Liliane Bridoux, die Tochter des Staatssekretärs für Kriegsfragen unter Vichy, heißt jetzt Tores-Fabre. Fragen Sie mal die Töchter Bucard oder Doriot, Brigitte Degrelle oder Jacques Alibert, was die für eine Kindheit hatten, ob die Arbeit gefunden haben? Sohn eines Verräters, Dreckskerl, *Boche* … Wir haben nie was anderes zu hören bekommen …«

Als wolle er ein unsichtbares Auditorium von seinem und seiner Freunde Missgeschick überzeugen, legte er los: »Meine Familie hat genug gebüßt. Und ich auch. Mit sechzehn war ich bereits im geschlossenen Erziehungsheim von Fresnes. Diese Schwuchtel von Staatsanwalt denkt wahrscheinlich, ich hätte da niemals rauskommen dürfen. Er will mich im Gefängnis verrecken sehen.«

Tatsächlich hatten die Behörden bei der Befreiung sämtliche elternlos umherirrenden Kollaborateurskinder inhaftiert, die bei den Säuberungen im Netz hängen geblieben waren. Jugendliche und Erwachsene waren häufig wahllos zusammengesperrt worden, ehe man die Spreu vom Weizen trennte.

»Machen Sie sich mal keine Sorgen. Wenn die Richter einem Papon eine Strafaussetzung gewährt haben, was für alle Juden von Bordeaux, die er in die Lager geschickt hat, eine Ohrfeige bedeutet, können sie die Ihnen nicht verweigern. Angeblich ist er putzmunter aus dem VIP-Bereich der Santé rausgetrippelt. Ich bin sicher, dass das morgen glattgehen wird. Und falls Sie noch mal an einen Amateurhistoriker geraten, kümmere ich mich darum, ihn an die Fakten zu erinnern.«

Das Argument schien ihn zu überzeugen, denn er wurde umgänglicher. »Weißt du, mein Junge, die Leute haben keine Ahnung. 1940, da sah man die Dinge anders. Zunächst mal die Armee, die bedeutete noch was; das war kein Haufen rumschlurfender Taugenichtse wie heute. Unsere Väter waren allesamt in Verdun dabei und wussten, was Ordnung und christliche Werte bedeuten und für was der Marschall Pétain stand. Zwischen den Deutschen und diesen gottlosen Pennern von Bolschewiken, die anständigen Leuten alles wegnehmen wollten, war die Wahl schnell getroffen.«

»Ich sehe noch immer keinen Zusammenhang mit Ihnen.«

»Mein Vater war ein Getreuer der ersten Stunde. Ein guter Kumpel von Darnand. Er war in der *Franc-Garde,* der bewaffneten Miliz. Und ich, mit den Jugendlichen, in der *Avant-Garde.* Hättest du sehen sollen, wie wir in diesen tollen Uniformen Manöver abhielten. Militärjacke und dunkelblaue Golfhose. Mit Khakihemd, großem Béret und schwarzer Krawatte. Und ich, ich trug die Armbinde mit dem weißen Gamma auf rotem Grund.«

»Aber wie alt waren Sie da?«

»1940 war ich elf.«

Endlich verstand ich. Er gehörte zu jenen indoktrinierten Bengeln, die ihre eigenen Dörfer terrorisierten. Ich hatte gelesen, dass manche sogar die eigenen Eltern oder die Schullehrer an die Deutschen denunzierten. Und dieser arme Alte hier sprach über diese Zeit wie von den schönsten Jahren seines Lebens! Was sicherlich auch stimmte, wenn man sich vor Augen führte, dass er danach Indochina mitgemacht, sich als Söldner in den dreckigsten Konflikten dieser Erde abgerackert und danach vor allem Knast geschoben hatte. Dieser ekelerregende Abschnitt der Geschichte war paradoxerweise die einzige Zeit in Lazares Leben, in der er das Gefühl hatte, frei und in Frieden zu leben …

Alles klar, ich hatte mein Plädoyer in der Tasche. Ich konnte mich auf die Suche nach einem Hotel machen.

Unter prasselndem Regen kehrte ich zu meinem Wagen zurück. Ich musste unbedingt noch vor Einbruch der Nacht eine Unterkunft finden, schließlich würde ich vor Tau und Tag in den Räumlichkeiten des Gefängnisses mein Plädoyer halten müssen.

Es wurde dunkel, und Sturzbäche fielen vom Himmel. Es war mir unmöglich, irgendein Schild zu entziffern. Ich presste die Nase gegen die Windschutzscheibe, fuhr blindlings diese verdammte Nationalstraße entlang, und mit jedem Kilometer schwanden die Aussichten, ein Bett und ein Sandwich zu finden.

Mein bourgeoiser Lebenswandel hatte mich diese verfluchten Reisen durch die Provinz ganz vergessen lassen. Diese Gerichte, die sechzig Kilometer entfernt waren von unauffindbaren, gottverlassen auf dem flachen Land liegenden Knästen. Die muffig riechenden Zwei-Sterne-Hotels. Die Verstopfung nach ständigem Sichzusammennehmen. Die Restaurants, in denen ab dreizehn Uhr null fünf nichts mehr serviert wird. Die Mietwagen, die man verbeult, weil man mit aufgefalteter Straßenkarte auf dem Schoß seinen Weg sucht.

Da sah ich es plötzlich, hell strahlend in dunkler Nacht. Von hoch oben auf dem Hügel wies es mir den Weg …

Meine Fresse! War das groß, das Ding; größer als die Freiheitsstatue.

Das Lothringer Kreuz!

Colombey-les-Deux-Églises.

Ein Ort, an dem man zu jeder Stunde speisen kann und zu jeder Jahreszeit Unterkunft findet: das Disneyland der Haute-Marne.

Ich fuhr im Schritttempo in die kleine Ortschaft ein. Ein paar durchfrorene Greise, die Gaullisten des Departements Allier, eilten nach einem eiligen Abstecher zum Grab des Generals wieder in ihren gut geheizten Bus.

Der Ort war menschenleer. Ab und an knatterte ein Moped vorbei, wie man seit den Achtzigern keines mehr sah; dann wieder Stille. Allein das Schild des einzigen Hotels und das erleuchtete Schaufenster eines Souvenirladens trotzten dem eisigen Nebel, der nach und nach das Heiligtum einhüllte.

Vor Kälte schlotternd trat ich ins Hotel. Wir hatten den 8. November, den Vorabend von de Gaulles Todestag, und es schien fast leer. Der Kerl, der es in den Siebzigerjahren errichtet hatte, hatte die Lebensdauer des De-Gaulle-Kults offensichtlich überschätzt.

Der Hotelier war hellauf entzückt über die Ankunft eines Gastes und empfing mich wie ein Familienmitglied. Er bereitete mir ein gewaltiges Sandwich zu … mit Kuttelbratwurst aus Troyes.

Ich ließ mich an der Bar nieder, wo eine Handvoll Rentner in stummer Andacht beisammensaßen und mich verstohlen beäugten.

»Siehst du, die Gedächtnisfeier zieht doch noch Jugend an«, murmelte einer der Alten.

»Ich hab sein Kennzeichen gesehen, der ist aus Paris«, meinte ein anderer.

»Alles geht den Bach runter«, schloss der dritte, nachdem er mich genau gemustert hatte. Was meinte er bloß?

In dieser Nacht bekam ich kein Auge zu. Ich hatte es mir vor dem Fernseher bequem gemacht, um mich sämtliche Fläschchen aus der Minibar gruppiert, und glotzte eine Sendung mit hirnamputierten Typen, blauen Wellen und Tussen mit riesigen, in viel zu kleine Badeanzüge gepressten Brüsten. Trotz dieser idealen Konstellation gelang es mir einfach nicht, Schlaf zu finden.

Ich grübelte.

Bislang hatte ich noch nie das geringste Problem damit gehabt, wen auch immer zu verteidigen, jede menschliche Perversion, ja selbst die schlimmste, weil sie ihren Widerhall in meiner eigenen gestörten Seele fand. Doch in Lazares Fall war alles anders.

Natürlich war er ein Drogenschieber, doch er war eben mehr als das.

Ich musste mich unbedingt in ihn hineinversetzen, und diese Übung zwang mich, differenziert Stellung zu beziehen zu Themen, über die nachzudenken ich, Leibowitz, der Wichser, noch nie Lust gehabt hatte.

Wer war ich im Vergleich zu ihm, dem kleinen und ach so niedlichen Milizionär mit seinem großen auf den Kopf geschraubten Béret?

Der Sohn von Madame Berthier und Monsieur Leibowitz. Mehr nicht.

Meine Großeltern Berthier waren Schirmfabrikanten in Paris gewesen. Was meinen Vater betrifft, so war er der Sohn einer Französischpaukerin und eines Uhrmachers aus Budapest.

1939, als die ersten antijüdischen Gesetze verkündet wurden, machten sich die Leibowitz auf, um in der Schweiz zu leben, wo mein Großvater Arbeit fand, und sie überstanden den Krieg ohne Schwierigkeiten. Als der Großvater im Jahr

1950 starb, entschloss sich meine Großmutter, zusammen mit meinem Vater wieder zurück nach Paris zu gehen. Meine Eltern lernten sich in einem Dancing kennen, wie man zu jener Zeit sagte. Da sie selbst Einzelkinder waren, zeugten sie bloß einen Sprössling, um den Ärger möglichst gering zu halten. Mein Vater übernahm die Schirmfabrik und machte daraus ein florierendes Geschäft.

Ende der Geschichte.

Der einzige Stempel dieser Zeit des Krieges war mein Name. Angeblich sollen meine Großmütter darauf gedrungen haben, mich Christophe Leibowitz-Berthier zu nennen, für den Fall, dass die Deutschen wiederkommen würden.

Die Wirklichkeit, denke ich, sieht anders aus.

Offenbar hatte mein Vater den Namen »Leibowitz« stets mit einer gewissen Scham getragen. Fortwährend auf der Suche nach Anerkennung und bürgerlicher Integration, soll er sich bemüht haben, ihn vergessen zu machen, so wie man einen Fleck zu tilgen versucht.

Schämte er sich einfach nur, Jude zu sein? Oder weil er ein vom Grauen verschonter Jude war? Ich habe es nie herausgefunden.

Wie auch immer, er war ganz entschieden nicht der kleine Ungar im gestreiften Pyjama und mit dem traurigen Blick, wie ich ihn ernst und nachdenklich jeweils beschrieb, wenn ich als Gymnasiast nach einer Vorführung von *Nacht und Nebel* die Bienen anbaggerte.

Trotz allem ... Da war noch etwas ... Auf dem Tiefpunkt meiner Identitätskrisen wiederholte ich mir jeweils: »Mein Vater ist Jude! Jude ...« Ein Wort voller Geheimnisse ... Ein Wort mit Gewicht ... Das mir erlaubte, mich in das Leid anderer zu drapieren. Das machte mich immer unglaublich interessant.

Dennoch hatte ich eine Gewissheit: Stand vor mir ein Antisemit, fühlte ich mich immer als seine direkte Zielscheibe. Besonders bei denen, die meinen Namen verhunzten, um mich deutlich spüren zu lassen, dass es der eines dreckigen Judd war.

Als dann ein Surfer in mystischer Ekstase seinem Kumpel erklärte, wie ihm im Augenblick seines *take-off* Huey, der Gott des Surfings, erschienen sei und ihm den Eingang des *tube* gewiesen habe, fiel mir wieder ein, dass ich mich ja in Colombey-les-Deux-Églises befand, was in meinem Schädel eine entsetzliche Migräne auslöste.

War es das Zusammenprallen dieser beiden Welten oder die gefährliche Vermählung der Marie Brizard und des Label 5 in meinem Magen?

Trotz des Schauspiels fröhlichen, in aller Freiheit sich tummelnden Fleisches versank ich wieder in meinen Überlegungen zum Gang dieser Welt, in die mich der Fall Marcel Lazare gestoßen hatte.

Der Name Leibowitz hatte mich irgendwie an den Rand gedrängt und zu seinem Gefangenen gemacht. Er schuf in mir eine besondere Beziehung zur Geschichte und trieb mich dazu, für jeden Diskriminierten Partei zu ergreifen.

Marcel Lazare durfte keine Ausnahme bilden. An ihm hatte sich die Geschichte ungerechterweise gerächt. Er, der Sohn eines Haudegens, eines dreckigen Kollaborateurs. Durfte man ihm anlasten, dass er in Papa auf alle Zeiten einen netten Pfadfinderführer sah?

Bei der Strafverteidigung kannte ich letztlich keine Grenzen. Nicht bei pädophilen Kinderfressern, nicht bei diesen Arschlöchern von Antisemiten, die der Krieg nichts gelehrt hat. Nie würde ich die Waffen strecken.

Ich war mal Pflichtverteidiger für einen Burschen von

neunzehn Jahren gewesen, der eine alte jüdische Dame terrorisierte und ihr ständig Briefe schickte, die ein bestürzendes antisemitisches Gesülz enthielten. Weil er im selben Haus wohnte, hatte er ihre Mesusa an der Wohnungstür bemerkt. Er habe die Palästinenser rächen wollen, war die einzige Rechtfertigung seines Tuns, die er, seine Füße fixierend, vor sich hin zu murmeln vermochte.

Ich plädierte damals auf geistige Umnachtung, und es funktionierte sogar, derart niedergeschmettert war das Gericht gewesen. Das Jüngelchen spuckte mir am Ende der Verhandlung ins Gesicht, wo es mir doch gelungen war, ein überaus günstiges Urteil für ihn zu erkämpfen. Und dennoch: Dieser Bengel mit dem Schädel voller Rap und sonst gar nichts hatte in mir ein ungeheures Mitleid erweckt.

Anwalt: die Schule der überwundenen Enttäuschung.

War es koscher, Lazare sympathisch zu finden?

In welchem Programm lief denn bloß eine noch dämlichere Sendung, die mich endlich einschlafen ließ?

Das Standbild des Kronleuchters in der Empfangshalle auf Kanal 35 geleitete mich schließlich in den Morgen.

Nicht etwa mein Plädoyer, sondern der Charme und das außerordentliche Manipulationstalent des alten Söldners bezwangen die Überzeugung der Richter, die über die bedingte Haftentlassung entschieden.

Der Staatsanwalt versuchte zwar erneut, den alten krebskranken Mann als einen Kriminellen von größter Gefährlichkeit für die Allgemeinheit hinzustellen, doch als dieses Argument nicht griff, kam er ins Schlittern, und sein Hass gewann die Oberhand.

Lazare hatte recht: Seine ekelerregende Kindheit hatte nicht unwesentlichen Anteil an der Feindseligkeit des Staatsanwaltes, der sich sogar dazu verstieg, den »Gesang der Kohorten« zu trällern, um seine Anwürfe zu untermalen.

Milice, faisons la France pure
Bolcheviks, franc-maçons ennemis,
Israël, ignoble pourriture
Écœurée, La France vous vomit.

[Miliz, wir machen Frankreich rein
Ob Bolschewik, ob Freimaurerschwein,
Ob Israel, du widerliches Geschmeiß,
Voller Ekel speit Frankreich euch aus.]

»Nur weil Sie sich einen Anwalt mit jüdisch klingendem Namen ausgewählt haben, lässt das Hohe Gericht sich nicht an der Nase herumführen! Geben Sie doch zu, Monsieur, Sie waren ein notorischer Antisemit und Sie sind es geblieben!«

In dem Moment hätte Leibowitz, der Anwalt mit dem jüdisch klingenden Namen, die Klappe aufmachen können. Wir verhandelten hier doch über Drogenhandel im Wiederholungsfall und nicht über ein Verbrechen gegen die Menschlichkeit … Doch ich machte es wie alle: Ich hielt mein Maul und wartete ab, wie es weiterging.

Lazare war wunderbar.

Er erhob sich wie ein Volkstribun, und mit seiner kräftigen Soldatenstimme schoss er im Handumdrehen mit der schönsten Instrumentalisierung der Schoa, die ich je erlebt habe, den Vogel ab.

»Die Franzosen waren in einem Maße antisemitisch, dass selbst die Deutschen überrascht waren, mit was für einem Eifer Vichy die Deportation der Juden vorantrieb. Obwohl außer den Bewohnern der großen Städte niemand in Frankreich jemals welchen begegnet war. In den Jahren, von denen Sie reden, war auch ich nie einem einzigen Juden über den Weg gelaufen. Meinen ersten, den habe ich erst 1944 gesehen. Wir waren zehntausend Milizionäre auf der Flucht aus Frankreich, in Richtung Deutschland … Frauen, Kinder, Alte … Wir sind im Konvoi durchs ganze Land gezogen, beschossen von den kommunistischen Freischärlern und Partisanen und bombardiert von den Alliierten. An der Grenze aber wussten die Deutschen ja nichts mit uns anzufangen. Da haben sie uns zunächst mal im elsässischen Lager Struthof geparkt. Sie hatten es in höchster Eile geleert, indem sie die Gaskammern hochgefahren haben. Doch als wir ankamen, waren noch Gefangene übrig. Und da habe ich sie dann gesehen.«

»Was gesehen?«, fragte der Staatsanwalt ungeduldig.

»Die lebenden Toten.«

Alle beugten sich mit einem Schlag über ihre Akten und waren mucksmäuschenstill. Die Richter unterschrieben seine Entlassung. Lazare jedoch hatte die Frage nicht beantwortet.

Ich bin aus Clairvaux beinahe hinausgerannt. Ich fühlte mich narkotisch, als hätte ich mich zu lange in großer Tiefe aufgehalten.

Bevor ich nach Paris heimfuhr, warf ich noch einen Blick auf das Grab des Generals. Aber offensichtlich hatte ich die Feier verpasst. Ich erkannte es an dem frischen, durchnässten Strauß, den ein namenloser Unterpräfekt auf die Schnelle abgelegt haben musste: *Das dankbare Frankreich.*

Der Bus der Gaullisten aus dem Allier war längst weg. Die heilige Stätte blieb somit bis zum kommenden Jahr verwaist zurück.

Ich suchte verzweifelt nach irgendwas, das ich dem Posten, der am Friedhof Wache schob, hätte sagen können. Eine Bemerkung, dass ich genau wie er, der sich hier den Hintern abfror, Frankreich für undankbar hielt. Nur wollte mir einfach nichts einfallen. Also ging ich in den Souvenirladen und kaufte die größte unter allen Schneekugeln, ein sündhaft teures Modell mit dem großen Charles de Gaulle nebst Gattin Yvonne, wie sie dem Sturm trotzten.

Einige Tage nach meiner Rückkehr fand ich unter meiner Tür einen Umschlag mit fünftausend Euro. Einer von Marcel Lazares Gefolgsleuten hatte ihn überbracht. Lazare war mit meiner Arbeit zufrieden und schlug mir ein Abendessen in der Brasserie Lipp vor, zur Feier seiner Freilassung. Die Schweinsfüße dort seien eine Sünde wert. Außerdem bat er mich, ihm eine komfortable Wohnung mit nicht allzu pingeligen Eigentümern zu finden.

Die Aussicht auf dieses Essen brachte mich zum Schmunzeln, während ich meinen verschneiten de Gaulle schüttelte und wendete. Mir fiel auf, dass ich ausnehmend fröhlich war. Was dermaßen selten vorkam, dass es sich lohnte, die Sache noch etwas genauer zu untersuchen.

5

Lazare erwartete mich im Lipp. Er hatte einen Tisch im ersten Stock reserviert, wo es schön ruhig war. Er war vielleicht alt und krank, aber, zum Teufel, der Mann wusste, was sich gehörte.

Um seine Wohnungsprobleme zu lösen, hatte ich meine Freundin Nicole mitgenommen. Sie dealte zurzeit mit »Immobilien für gehobene Ansprüche« und rieb uns am laufenden Band ihre betuchte Kundschaft unter die Nase. Im Grunde ging es um die Vermietung von Appartements ausländischer Kunden an Ganoven auf der Flucht. Sie war genau die Richtige, um ihm ein verschwiegenes Plätzchen zu finden. Nicole hatte mir übrigens auch meine neue Kanzlei aufgetrieben.

Ich kannte sie seit fünfzehn Jahren. Wir hatten unser Berufsleben gemeinsam begonnen: Sie als Betrügerin, ich als Anwalt.

Sie war ständig im Einsatz, und man konnte mit ihr kein Gespräch führen, ohne dass es ständig vom Klingeln ihrer vier Mobiltelefone unterbrochen wurde. Sie unterschied die Dinger anhand der Taschen aus Kunstfell. Wenn einer der abgeschmackten Klingeltöne erklang, unterbrach Nicole mich jeweils mit einem: »Zwei Minütchen, Baby«, tauchte ihre fleischige Hand voller nicht zusammenpassender Ringelchen in die Einkaufstasche von Dior und beförderte eines ihrer Tierchen heraus.

Nur das Zebra-Handy lag immer griffbereit auf dem Tisch, obwohl es nie klingelte.

Als sie Lazare kerzengerade, wie aus dem Ei gepellt in seinem etwas aus der Mode gekommenen schwarzen Anzug dasitzen sah, entfuhr ihr ein kaum merklicher Ausruf.

Il avait de grands yeux très clairs
Où parfois passaient des éclairs
Comme au ciel passent des orages.
Il était plein de tatouages
Que j'ai jamais bien compris.
Son cou portait: »Pas vu, pas pris.«
Il était minc', il était beau,
Il sentait bon le sable chaud,
Mon légionnaire!

[Er hatte große und so helle Augen
Aus denen manchmal Blitze schossen
Wie am Himmel Gewitter auftauchen.
Und Tätowierungen wie andere Sommersprossen
Die hab ich nie so recht verstanden.
An seinem Hals stand: Nicht gefangen, nicht gehangen.
Er war so schön, er war so schlank
Er roch so gut nach warmem Sand
Mein Legionär!]

Sie hatte sich ebenfalls in Gala geworfen, und das will was heißen. Ihr Körper aus einem Fellini-Film und ihr Geschmack aus der Gosse waren eine explosive Mischung: Sie sprengte sämtliche Regeln und Normen.

Eine rosa Hose, die sich recht und schlecht mühte, ihre kallipygischen Formen zu fassen, drängte einen Teil ihres Bauches zu einem kleinen Pullunder hinauf, der von vornherein kapitulierte. Darüber ein denkwürdiges Jackett aus grasgrünem Leder einer unbekannten Tierart, dies wiederum gekrönt durch ein Ohrgehänge von Chanel mit Riesenklunkern in Einfassungen so groß wie Schokoladentafeln.

Ihrer verblüffenden Vulgarität zum Trotz war sofort klar: Er hatte ein Auge auf sie geworfen.

Wie es für Leute aus denselben Kreisen unausweichlich ist: Sogleich gaben sich die beiden einer Sitzung von Namedropping hin. Ein Staatsanwalt wäre darüber vor Neid erblasst.

Abderhaman etwa – er hatte sich achtzehn Jahre für einen Sattelzug Shit eingefangen – war ein gemeinsamer Bekannter.

Der Raubüberfall auf den Airbus von 1996 auf dem Flughafen von Perpignan und seine vier Millionen Franc in Peseta: Einen der Gangster, einen Kumpel Lazares, hatte Nicole so lange untergebracht, bis Gras über die Sache gewachsen war.

Zweitausend Übernachtungen auf dem Guadalquivir während der Weltausstellung von Sevilla, in einer Fünf-Sterne-Yacht zu Füßen der Pavillons – Nicole hatte sie ein Jahr im Voraus an Großunternehmen verkauft. Das Schiff existierte lediglich in der Fantasie der Geschäftsleute und auf farbenprächtigen, mit viel Liebe von Nicole gestalteten Broschüren. Allerdings hatte sich die Arme von einem gewissen Jean-Yves Leblanc hereinlegen lassen, der die Konten bei der panamesischen Gesellschaft abgeräumt hatte, ohne ihr auch nur einen Centime zu lassen. Derselbe Jean-Yves Leblanc, welcher sich mit den dreihundert Blankopässen absetzte, die er doch gemeinsam mit Lazare in der Präfektur des Departements Rhône geraubt hatte.

Die beiden schworen sich, eines Tages würden sie ihm das Fell über die Ohren ziehen. Ein Grund zum Anstoßen war das. Ich schloss mich ihnen an und spuckte auf den

Grundsatz *Nemo auditur propriam turpitudinem allegans:* Niemand wird gehört, der seine eigene Schändlichkeit ins Treffen führt. Ich war bereit, als Nebenkläger aufzutreten und ihnen den Kies zurückzuholen, direkt aus der Tasche dieses Arschlochs, falls nötig.

Wir waren voll bis zum Anschlag.

Um ein Uhr nachts schließlich, als uns die Kellner mit ihrer so pariserischen Metasprache, nämlich indem sie die Stühle unter entsetzlichem Radau auf die Tische stellten, hinaustrieben, entschieden wir uns für einen geordneten Rückzug in die Bar des Lutetia.

Da ich noch immer keine befriedigenden Antworten auf die Fragen hatte, die ich mir zu Lazare stellte, nutzte ich eine beiläufige Bemerkung über das Hotel, das einstmals die deutsche Abwehr beherbergt hatte, um ihn auf seine Jugend zu lenken.

Doch auch da riss er mir dank seinem ungeheuren erzählerischen Talent das Heft aus der Hand.

Mit offenem Munde hörten Nicole und ich seinen Geschichten bis zum Morgengrauen zu. Wie er versuchte, Darnand junior, einen Typ so steif wie eine Eins, zum Lachen zu bringen, als sein Vater ihre Kompanie erst in Vichy und dann, nach der Flucht der Milizionäre, in Deutschland inspizierte. Wie sie gemeinsam ihre Jamsessions machten und ihre Sauf- und Soldatenlieder grölten. Vor der Ankunft von Louis Ferdinand Céline am Sigmaringer Bahnhof: als Penner gekleidet, mit fingerlosen Handschuhen, zusammen mit seiner Katze Bébert, die aus der Manteltasche hervorblinzelte. Von den Sonntagsmessen mit Pétain und Laval, die sich keines Blickes würdigten, während ihre Gefolgsleute tuschelnd intrigierten. Doch auch vom harten Winter 1944 in Deutschland erzählte er, als die Deutschen alle Kollaborateursfrauen und -kinder im Lager unterbrachten, wenn sie zu schwach für die Arbeit in Fabriken waren. Von seiner Mutter und der Schwester, die beide an Hunger starben. Von seinem Vater, den er nach dem Aufbruch der »Division Charlemagne« an die Ostfront nie wieder gesehen hatte. Von seiner Inhaftierung in Fresnes während der Säuberung, obwohl er noch ein junger Bursche war. Dann kamen die Armee und abermals das Gefängnis.

Nach zwei Flaschen Rotwein vergossen wir heiße Tränen des Mitgefühls über das Los der Kollaborateure – wir, also ich, Christophe Leibowitz, und meine Freundin Nicole Cohen.

6

Die folgenden Wochen vergingen ohne Zwischenfälle. Ich lebte ganz meiner Pflicht wie ein Ackergaul im Geschirr: aufstehen um elf Uhr, dann los zum Palais de Justice, dort Schlemmen und Gelächter mit den Kollegen in der Kantine. Nachmittags widmete ich mich gelegentlich dem einen oder anderen Mandanten, die mein neuer Freund Lazare mir zuführte. Um fünf Uhr kippte ich gemeinsam mit ihm ein Gläschen, hörte mir dabei seine haarsträubenden Geschichten an und kehrte anschließend in meine Kanzlei zurück, wo ich bis zum Abend nicht das Geringste tat.

Manche würden sagen, ich lebte wie ein Rekonvaleszenter, andere wie eine Kirsche im Weinbrand. In Wirklichkeit, glaube ich, war ich ganz einfach glücklich. Und außerdem hatte ich einen guten Kumpel gewonnen.

Mein Amtsbruder Bertrand hatte mich gebeten, für ihn den hanebüchenen Fall eines Bankraubs zu übernehmen. Man konnte ihn kurz und bündig zusammenfassen: Ein Araber hatte mitten in Paris zwei Geschäftsstellen mit einem Sack schmutziger Wäsche als Waffe überfallen und ließ sich zwölftausend Euro aushändigen. Der Typ betrat die Filialen mit seinem unförmigen Packen im Arm und brüllte, er werde alles in die Luft jagen. Hinterher, auf den Überwachungsvideos, wirkte diese List nur noch lächerlich. Nur dank seinem Islamistenlook, gepaart mit dem Rassismus der Kunden, konnte ihm die Tour überhaupt gelingen – dies allerdings auch laut zu sagen, hatte seit Beginn des Ermittlungsverfahrens niemand gewagt.

Während die Verhandlung also im heuchlerischen Klima »politischer Korrektheit« vor sich hin schnurrte, ließ ich meine Gedanken schweifen und destillierte dabei in aller Ruhe meinen kleinen Pflaumenschnaps vom Mittag aus. Ich hatte es mir in der Anwaltsbank so schön bequem gemacht, dass ich, will mir scheinen, einige Augenblicke eingedöst sein musste, denn wie ein Munkeln aus großer Ferne drangen zuletzt die vom Staatsanwalt geforderten sieben Jahre Bau an mein Ohr.

Die Vorsitzende erschreckte mich mit ihrem scharfen Ton. *»Maître!«*

Ich sprang auf. »Ja, *Madame le Président* … Gerechtigkeit widerfahren lassen …« Ich begann mein Plädoyer mit meiner Lieblingseinleitung … »Gerechtigkeit widerfahren lassen, in ihrer reinsten Form, Frau Vorsitzende, werte Herrschaften des Gerichts, das heißt nicht nur, über Taten zu urteilen, sondern zuallererst und vornehmlich einen Menschen zu verstehen. Diesen Menschen zu verstehen. Diesen hier …«

Nicht der geringste Schimmer, wie dieser Unglückselige wohl heißen mochte … »Dieser hier ist ein Mensch, ja, ein Mensch. Doch …«

Stille. Der ganze Saal schaute mich an. Im Kopf nur Leere.

Ich erinnerte mich nicht mehr, ob der Typ Familie hatte, eine Wohnung, einen Beruf. Seit wann er in Untersuchungshaft saß. Nichts … Kannte ich diesen Mann überhaupt? Schon vorher hatte ich ihn irgendwann mit Befremden gemustert, worauf er schier ausflippte vor Panik.

Zwei Worte geisterten mir vage durch den Kopf: Bin Laden … und: schmutzige Wäsche …

»*Maître* … Sie haben das Wort«, insistierte die Vorsitzende zum zweiten Mal.

Um mich aus dieser Scheiße zu befreien, blieb mir nur eins: Unwohlsein vortäuschen. Wie Marguerite Gautier ließ ich mich sanft und geschmeidig zu Boden sinken. Die Feuerwehrmänner des Justizpalastes transportierten mich ab ins Krankenhaus Hôtel-Dieu, und zum Glück vertagte man den Fall.

Es handelte sich um einen Mandanten Bertrands, und wiewohl er mir gewiss vergeben würde, versank ich vor Scham im Boden.

»Diese Depressionen …«

»Aber nein, das ist der Alkohol! Du musst aufhören zu trinken. Es hat dir noch keiner gesagt, aber das geht jetzt schon eine ganze Weile so, dass du beim Sprechen die Worte nicht mehr findest. Auch Emeline ist es neulich aufgefallen, als du zum Abendessen gekommen bist. Du hast ganz allein zwei Flaschen leer gemacht.«

»Sie hat Recht, ich koste dich viel Geld.«

Bertrand kannte meinen Dickschädel und seufzte. »Früher sah man dich alle paar Tage mit einer anderen Puppe. Bums doch mal wieder!«

»Ich hab einfach keine Lust mehr, dass mich diese Schlampen wie eine Melone im Supermarkt aussuchen. Und dann ruck, zuck auf die Waage: Junggeselle, vierzig Jahre, und wie sieht seine Wohnung aus? Nicht schlecht! Hat er Kohle? Und wie! … Und der Schwanz, hast mal an seinem Schwanz gezupft? Wenn er nachgibt, dann ist er zu reif …«

»Deine Libidoprobleme kommen vom Alkohol.«

»Und diese ewigen Ansprüche: Recht auf Glück, auf Respekt, auf Freiheit, auf Orgasmus … Ich hab die Nase voll davon!«

Mein Freund hatte gut reden, dieser Glücksprinz. Als wir uns kennenlernten, war er sechsundzwanzig, hatte zwei Kinder, und seine Frau Emeline war bereits mit dem dritten schwanger. Fünfzehn Jahre später hatten sie fünf, allesamt Virtuosen und Asse in irgendwas, allesamt gute Schüler. Außerdem war es Bertrand inzwischen gelungen, eine Kanzlei aufzubauen, die sehr gut dastand. Beruf und Familie ließen ihm keinen Moment zum Verschnaufen, und dennoch – was der trotz seiner vierzig Jahre alles auf die Beine stellte. Mit seinem struppigen Haar, seiner Engelsvisage und seinen eng geschnittenen Anzügen hätte man ihn für Bowie auf dem Cover von *Lodger* halten können.

Neben ihm fühlte ich mich wie eine fette Null. Ein schmerbäuchiges Wrack, dem die Dinge völlig über den Kopf gewachsen waren. Und zur Krönung des Ganzen gingen mir nun auch noch die Haare aus.

»Du wirst mir nicht glauben. Mein derzeitiger Kumpel ist angeblich der Sohn eines sehr bekannten Milizionärs.«

»Schon wieder einer von deinen dubiosen Herzensbrüdern.«

Aha, ein Anflug von Neid; ich war entzückt. »Ein Klient. Ich habe ihn aus Clairvaux rausgeholt. Lazare, sagt dir der Name was?«

»Nein, sagt mir nichts. Ach übrigens, zum Thema antisemitisches Pack …«

»Er ist nicht antisemitisch! Na ja, glaub ich jedenfalls.«

»Was weißt du denn darüber? Hast du dir Informationen beschafft?«

»Ich mag ihn einfach. Er ist wie einer dieser alten Ganoven, die in Filmen vorkommen.«

»Zum Thema antisemitisches Pack, weißt du, wen du in der Sache mit den gestohlenen Gemälden als Gegenüber hast?«

»Wie kommts, dass ausgerechnet du darüber Bescheid weißt?«

»Latrinengeflüster. Auch ein alter ›Kumpel‹, Le Pelletier-Pouchard! Ich kenne eine seiner juristischen Mitarbeiterinnen, von der weiß ichs. Sein Kunde ist ein Finanzinspektor im Ruhestand, ein ehemaliger Jahrgangsbester der Eliteverwaltungshochschule ENA. Le Pelletier-Pouchard und er sind unzertrennlich wie Kopf und Hintern und außerdem politisch ein Herz und eine Seele.«

»Crespin de Fontanille wars also …«

»Ja, der hat die Brieftasche gezückt, um ihm die Kampagne zu finanzieren, als er in den Kammervorstand gewählt werden wollte. Und er soll ihn auch für die Ehrenlegion vorgeschlagen haben. Es heißt sogar, bei den nächsten Wahlen wolle er seine Beziehungen in den großen Kanzleien spielen lassen, damit Le Pelletier-Pouchard zum Präsidenten der Anwaltskammer gewählt wird. Er ist ein ausgemachter Fascho, und ein katholischer Ultra. Mieseste Sorte. Mit Dreck am Stecken …«

»Was meinst du damit?«

»Genau das! Sehr einflussreich, bösartig, gefürchtet … die alte Rechte halt.«

Le Pelletier-Pouchard bald Kammerpräsident! Als säße ich nicht schon genug in der Scheiße!

Ich hatte mir sagen lassen, dieser Widerling habe alles versucht, um mich nach Abschluss meines Falls aus dem Anwaltsregister löschen zu lassen, und das, obwohl mein Verfahren hochoffiziell eingestellt war! Dank dem gesunden Menschenverstand der anderen Mitglieder des Kammervorstands und mit Gottes Hilfe war er gescheitert.

Und da er Anwalt eines Exfinanzinspektors war, lag auch auf der Hand, wer mir die Steuerprüfung eingebrockt hatte. Dieser Mistkerl hatte sich gerächt. Dem musste ich einen

Strich durch die Rechnung machen, sonst hatte er mir eins zwei drei den Garaus gemacht. Dann konnte ich diesen Beruf endgültig an den Nagel hängen.

Ich hatte mir mein Ende allerdings ganz und gar nicht so vorgestellt.

Zu Fall kommen, weil ich einem Kerl zur Flucht verholfen, in die Kasse gelangt oder einer Bande Vertrauliches aus einem Ermittlungsverfahren gesteckt hätte – von mir aus. Aber wegen einer Steuerhinterziehung aus dem Register gelöscht werden, nein, so darf kein Anwalt enden. Wäre ja wie ein Schiffskapitän, der mitten in der Schlacht an einer Kolik stirbt.

Bertrands Ratschläge befolgte ich zumindest in einem Punkt: Ich erwarb einen gewaltigen Schmöker über die Geschichte der Miliz, um über den Vater meines Kumpels Marcel Bescheid zu wissen. So beendete ich meinen Abend mit dem Abtauchen in die schändlichsten Jahre von Frankreichs Historie.

Victor Lazare war, außer dass er Staatsgelder abgestaubt hatte, ein übler Folterer gewesen, berüchtigt wegen seiner grausamen Verhöre, seiner Diebstähle und Vergewaltigungen während Hausdurchsuchungen. Ein Drecksack erster Klasse.

Was dachte sein Sohn über all das? Wollte ich das überhaupt wissen? Im Grunde bot Marcel Lazare mir die Gelegenheit, ein Gerechter einer ganz neuen Art zu sein.

Dem Ultra Gonzague Le Pelletier-Pouchard aber, der Christophe Leibowitz-Berthier als Frucht einer monströsen Vereinigung zwischen dem Judenvolk und dem wahren Frankreich, als einen Haufen Scheiße verachtete, dem würde ich es so richtig zeigen.

7

Anfang Dezember rang Garance sich endlich dazu durch, Aziz Choukri vorführen zu lassen, um ihn in Sachen Einbruchsdiebstahl zu vernehmen.

In Handschellen hockte er neben seinem Bereitschaftspolizisten auf der Holzbank der Vorverfahrensgalerie und wartete auf mich.

Er wollte mit mir reden. Ich bat seinen Zerberus von der Bereitschaftspolizei, ihn von der Kette loszumachen, damit wir uns etwas zurückziehen konnten.

»Tarik hat keinen gefunden, um in der Box aufzuräumen. Er sagt, dass er kein Vertrauen hat; und dass sich die Kerle mit den Gemälden verdrücken würden. Tarik sagt, dass du die woandershin schaffen musst …«

Diese Worte brauchten eine gewisse Zeit, bis sie in meinem Hirn ihren ganzen Sinn entfalteten. *Tarik sagt, dass ICH die woandershin schaffen muss …*

Dieser Schwachkopf von Tarik … Ich …

Und wenn ich mich weigere, was passiert dann? Wird der »Irre« mich an irgendeinem Waldesrand mit Benzin übergießen und grillen wie die beiden Kerle, die ihn gelinkt haben?

In welche Scheiße hatte ich mich nun schon wieder geritten?

Aus meiner Sprachlosigkeit riss mich das unverhoffte Auftauchen meines Amtsbruders Le Pelletier-Pouchard am Eingang der Galerie.

Ich hatte ganz vergessen, wie verdammt unsympathisch mir dieser Typ war. Sein knallender Schritt, der anthrazitfarbene Anzug, die gelackte Frisur, sein verächtlicher Blick, dieses unsägliche Bewusstsein seiner Unfehlbarkeit, das aus den gemeißelten Zügen sprach: Unsäglicher konnte man nicht sein.

Er wusste nicht, wohin, und fragte einen Gendarm nach dem Weg.

Vielleicht hatte er sich ja schon irgendwann mal wegen eines Insidergeschäfts, dem betrügerischen Bankrott einer Bank oder einer Schmiergeldaffäre in die klimatisierten Räumlichkeiten der Finanzverfahrensgalerie, Boulevard des Italiens, gewagt und dafür zweitausend Euro die Stunde kassiert. Hier jedoch, in den Verliesen der Republik, beim allgemeinen Strafrecht, da hatte er bestimmt noch nie einen Fuß hineingesetzt.

An jenem Abend hatte die Familie Le Pelletier-Pouchard, um ihr Suppenhuhn versammelt, sich endlich einmal was zu sagen: »Das hätten Sie sehen müssen, Gersande … Diese Männer und Frauen, die in Handschellen vor sich hin wimmern. Die Bösartigkeit dringt ihnen aus jeder Pore. Dieses Geflenne über Hunger, Müdigkeit, Prügel. Eine wimmelnde, gesichtslose und rachsüchtige Masse. Ganz erstaunlich, genau wie diese unförmigen und verkrümmten Schattenfiguren, die man im Hintergrund der Gemälde von Hieronymus Bosch erahnt …«

»Aber trotz alledem, es sind doch Geschöpfe Gottes …«

»Tiere sind das! Die bringt man nur mit der Peitsche zur Raison. Und außerdem, wäre Christus gegen die Todesstrafe gewesen, dann hätte er es uns auf dem Golgatha bestimmt gesagt …«

»Sie müssen es ja wissen, Gonzague … Sie müssen es ja wissen!«

»Werter Amtsbruder! Hat man Sie etwa auch einbestellt?« Ich streckte die Hand ins Leere aus, obwohl ich doch genau wusste, dass er sie nicht ergreifen würde.

Ein Bild nahm jäh Gestalt an und durchlief einen langen gewunden Gang bis ins tiefste Innere seines Gehirns. Leibowitz-der-Kothaufen! Als er mich endlich einordnen konnte, verzog sich seine ratlose Miene zu einer hässlichen Grimasse.

»Sie vertreten doch Crespin de Fontanille, werter Kollege, ist es nicht so?«

Und da, als er seinen Blick schließlich von meiner abscheulichen Person abzuwenden vermochte, bemerkte er Aziz an meiner Seite. Dieses in Handschellen gelegte zwielichtige Wesen, über welches gemutmaßt wurde, es sei dreist in die Wohnung seines Alter Ego eingedrungen, um diesem die kostbaren Bilder zu stehlen.

Von Ekel übermannt, rückte er ab, um schnellen Schritts in der Vorverfahrensgalerie zu entschwinden.

»Wer war dieser Clown?«, fragte mich Aziz.

»Ein Typ, der weder die Juden noch die Araber mag.«

»Willst du, dass Tarik ihn räuchert?«

»Pass auf, erzähl mir jetzt mal nichts mehr von Tarik.«

»Tarik sagt, es würd in deinem Interesse liegen, meine Box aufzuräumen.«

»Sonst?«

»Sonst wirst du unserer Mutter Kummer machen.«

»Und das ist schlimmer als alles, nehm ich an?«

»Klar!«

Schon wieder ein Pac-Man, aber diesmal ein ganz dicker …

Ein Unglück kommt selten allein, drum steckte Garance den Kopf durch den Türspalt und gab mir zu verstehen, ich solle ohne meinen Häftling in ihr Büro kommen.

Was will denn die jetzt von mir, fragte ich mich mit einer gewissen Besorgnis.

»Hast du dich beim diesjährigen Tennisturnier Richter gegen Anwälte angemeldet?«

»Nein.«

»Warum nicht?«

Weil sich mit Richtern zu amüsieren dasselbe ist, wie … wie sich mit einer Gruppe frigider Grundschullehrerinnen zu amüsieren. Da kann ich weder fluchen noch pupsen noch mogeln; das ist nicht lustig, schoss es mir durch den Kopf.

»Ich weiß nicht; ist eine ausgezeichnete Idee.«

Ihre Brüste bebten unmerklich vor Genugtuung. »Ja, vor allem, weil du früher so unheimlich gut gespielt hast«, antwortete sie schnippisch.

Verdammt, die baggerte mich doch immer an, dieses kleine Luder …

Die Vernehmung brachte selbstverständlich nichts, weil Aziz bestritt, irgendetwas mit dem Hehler zu tun zu haben. Doch die Kripo fahndete bereits nach dem Schlosser, von dem die Schlüssel stammten. Es war Zeit, aktiv zu werden.

An diesem Nachmittag begab ich mich zur Place des Fêtes, nur mal so, um das Terrain zu sondieren. Ich hatte nicht einmal geahnt, dass es einen solchen Ort in Paris überhaupt gab.

La Zone. Die Ränder der Stadt …

Wohntürme umgaben, was die Urbanisten in den Siebzigerjahren eine Agora nannten; die Wichserei eines Architekten, der sich beim Austüfteln seiner Pläne als Weltenschöpfer betätigte und die Fantasie hatte, hier würde dereinst das brave Volk zusammenfinden, um zu »kommunizieren«. Inzwischen nannte man so was eine Platte, und man dealte hier mit Shit.

Eine Art Tunnel bot Zugang zur Tiefgarage und zu den Kellerräumen; ein Weg in den Hades. Haargenau einer von den Orten, wo sich die Typen darum prügeln, wer mich als Erster ausrauben darf.

Aziz Choukri hatte nicht gekleckert, was die Schließvorrichtung seiner Ali-Baba-Höhle anging. Nur ein Spezialist konnte mit einem solchen Schloss fertig werden, und ich war bei Weitem keiner. Andererseits tat mir der Gedanke im Herzen weh, dieser Dreckskerl von Fascho könnte seine Gemälde wieder in die Finger bekommen.

Plötzlich stand mir die Lösung vor Augen: Lazare!

Ich rief Nicole an.

Lazare willigte augenblicklich ein. In einem seiner vielen Leben hatte er natürlich als Schlosser gearbeitet. Es war ihm ein Vergnügen, mir diese Gefälligkeit zu erweisen und vor allem Nicole ein kleines Geschenk zu machen, die war nämlich der Meinung, so ein Meisterstück würde in ihrem Leopardenwohnzimmer todschick rüberkommen.

Was tut man nicht alles für die Kunst. Und der kleine Choukri musste wohl ein Opfer bringen. Schließlich holten wir ihn aus der Scheiße. Er schuldete uns zweifellos eine kleine Entlohnung.

Noch am selben Abend gingen wir wieder hin. Ich hatte mich mit Lazare in der Rue du Faubourg Saint-Martin verabredet, im Café gegenüber von Nicoles Zuhause. Wir borgten uns noch schnell von einem seiner Kollegen einen hochprofessionellen Werkzeugkasten zum Öffnen sämtlicher Schlosstypen und fuhren mit meinem Wagen los.

Wir waren kaum hundert Meter gefahren, da forderte er mich plötzlich auf, rechts einzuparken. Während ich das Lenkrad einschlug, ertönte hinter uns wütendes Gehupe.

»Schau mal in den Rückspiegel, die Typen da, die gerade

versuchen, auf der Fahrbahn zu halten. Der Wagen folgt uns, seit wir losgefahren sind.«

»Bullen?«

»Nein; die Flics sind nicht dämlich genug, um in diesem Sauhaufen von Faubourg Saint-Martin eine Karre ohne Verstärkung zu observieren. Komm, wir nehmen die Metro.«

Wir tauchten im Labyrinth der Ladenpassagen unter und kamen genau an der Metrostation Château d'Eau wieder heraus.

Außer Crespin fiel mir niemand ein, der ein Interesse hätte, mich beschatten zu lassen.

Ich verriet Lazare, welch heftige Abneigung diese Musterschüler der ENA in mir weckten. Die waren so aufgeblasen vor lauter Macht, dass sie glaubten, sie könnten sich ungestraft alles erlauben. »Einer der mächtigsten Typen Frankreichs, der sieht sich direkt als Nachfolger von Pétain. Kannst du dir das vorstellen?«

»Komm mir nicht mit solchen Fangfragen. Du glaubst wohl, ich durchschau dich nicht ... Ich mag weder die Schlitzaugen noch die Arabermädchen, und Neger auch nicht, wenn dus wissen willst, doch das hat mich nicht davon abgehalten, allen dreien Kinder zu machen. Und ich liebe meine Kinder. Alle.« Das hatte er wie gewöhnlich laut gebrüllt. Wir befanden uns gerade in der Station Strasbourg Saint-Denis, und wirklich alles, was der Waggon an Fahrgästen barg, hatte sich synchron mit einem Ruck zu uns umgedreht.

Und in derselben Lautstärke: »Was die Hakennasen betrifft, die mag ich auch nicht, aber dich mag ich gern, und Nicole auch, eine verdammt klasse Frau ist sie. Pétain ist mir scheißegal. Ich bin ein Prolet, und er, er war ein beschissener Aristokrat. Wie dein Bildersammler da, der sicherlich eine

Milliarde Mal öfter als ich irgendwo in die Kasse gelangt hat, ohne auch nur eine Minute Knast zu kassieren.«

»›Die Justiz ist nachsichtig gegenüber den Übeltaten der Großen und unerbittlich gegenüber den Schwächen der kleinen Leute‹, sagte Jean de La Fontaine.«

»Genau so. Verfluchte Bande von Arschlöchern!«, brüllte er, an sämtliche Passagiere des Wagens gerichtet. Zum Glück erreichte die Metro gerade Châtelet, wo wir auf eine andere Linie umsteigen mussten.

Die Box war bestens aufgeräumt und so gut sortiert wie die Hi-Fi-Abteilung bei Darty. Nichtsdestotrotz ließen sich die Bilder leicht finden. Sie waren nicht in eine Ecke geknallt, wie ich Lästermaul prophezeit hatte, sondern sorgfältig verpackt, ein jedes in eine kleine Decke.

Schließlich schafften wir sie, uns die Hauswände entlangdrückend, in die Rue du Faubourg Saint-Martin, doch es verfolgte uns ohnehin niemand mehr.

Frohlockend packte ich die Malereien aus und arrangierte sie eine um die andere auf der Sitzfläche und der Rückenlehne von Nicoles geflecktem Chesterfield.

Die Picasso-Zeichnung, den Juan Gris, Matisse, die beiden Chagall, den Rousseau und das fantastische Gemälde von Max Ernst mit seinem in tiefem Rot und Blau gehaltenem Hintergrund – und dazu ein Werk, das überhaupt nicht auf der Liste der gestohlenen Gegenstände auftauchte.

Und da sah ich es zum ersten Mal.

Ein herrliches Bild von Egon Schiele, meinem Lieblingsmaler: eine Jugendliche mit langen roten Haaren, der Rock geschürzt. Sie trägt keinen Schlüpfer. Ihre Beine sind leicht gespreizt, gerade so viel wie nötig, um einen flüchtigen Blick ins Innere ihres Geschlechts zu eröffnen.

Ein Gemälde, das mir, seiner Seltenheit wegen, unschätzbar erschien, hatte Schiele doch vor allem Aquarelle und Zeichnungen geschaffen. Auf diesem Sofa mit seinem ordinären Bezug wirkte es wie ein fragiles und schutzloses Etwas, ein kleiner Augenblick der Zartheit.

»Und ist der ganze Krempel denn etwas wert?«, fragte mich Lazare mit betont skeptischer Miene.

»Millionen von Euro.«

»Bis auf die Göre, die ihre Muschi lüftet, find ich alles hässlich.«

»Mir jedenfalls gefallen die beiden Wölfe gut …«, meinte Nicole und deutete auf den Rousseau.

»Zur Not noch die beiden Köter. Könnt man zwar für ’n Kinderbild halten, aber na ja, ist nicht übel.«

»Wie auch immer, ich versteh sowieso nichts von moderner Kunst.«

»Klar! Ist was für Widerlinge und Angeber.«

Ich konnte meinen Blick nicht mehr von Schieles Gemälde lösen. Verliebt steichelte ich es mit den Fingerspitzen. »›Moderne Kunst‹, das will nicht viel heißen. Egon Schieles Werk war derart avantgardistisch, dass man ihn ins Gefängnis gesteckt hat.«

»Im Grunde ist es also modern, wenn man die Kunstwerke nicht mehr von den Rohrleitungen des Museums unterscheiden kann«, schloss Nicole mit Kennermiene.

Lazare setzte noch einen drauf: »Nichts als Scheiß.«

Hierauf folgte eine Debatte der dritten Art zwischen zwei Ganoven über Ästhetik, Hehlerei und den Kunstmarkt, wobei ihr Interesse vorab der Frage galt, wann und wem sie ihren Anteil an Aziz Choukris Beute weiterverkaufen wollten.

Ich begriff einfach nicht, weshalb die Akte der Untersuchungsrichterin bloß sieben gestohlene Bilder nannte.

Woher stammte dieser Schiele, der die anderen Malereien in jeder Hinsicht übertraf?

Die Bilder waren in Sicherheit, also konnte ich in aller Ruhe wieder in mein Büro zurückkehren. Aber bald musste ich einen Abstecher in die Santé machen, damit Choukri mir zu diesem überzähligen Werk ein Licht aufsteckte. Einstweilen schlug ich das Bild, das ich *Mädchen mit Muschi* getauft hatte, in seine Decke ein und verstaute es im Kofferraum meines Wagens.

Auf Höhe meiner Kanzlei angelangt, vor dem Chinesen an der Avenue Victoria, bemerkte ich die beiden Nichtsnutze, die Lazare am Nachmittag hinter uns geortet hatte. Ich machte nicht halt und fuhr direkt nach Hause.

Am nächsten Tag hatte ich einen Termin mit Marie-France, der ich keinen Hauch einer Buchhaltung vorlegen konnte. Eine Buchhaltung ... Wo konnte ich bloß eine Buchhaltung auftreiben?

Vor meiner Inhaftierung lebte ich wie ein zweitklassiger Künstler, der von einem Engagement zum anderen tingelte. Ich besaß kein Büro, um Klienten zu empfangen. Meine Visitenkarte zirkulierte unter den Nutten, den Luden und den Kleindealern, die mich meines guten Preis-Leistungs-Verhältnisses wegen weiterempfahlen. Ich war stets verfügbar, man brauchte mich nur auf meinem Mobiltelefon anzuklingeln, und schon sang ich vor Gericht das Liedchen, für das man mich gebucht hatte. Als Gegenleistung musste man mir ein Scheinchen zustecken, das ich noch am selben Abend ausgab. Die Butter aufs Brot waren meine Pflichtverteidigungen, und dazu kamen hie und da Aushilfsjobs für Kollegen, die nichts vom Strafrecht verstanden.

Nichts, wofür man einen Buchhalter beschäftigen müsste.

Seit meinen jüngsten Abenteuern hatte ich allerdings anderthalb Millionen Euro auf einer Schweizer Bank liegen, samt der dazugehörenden Not mit dem Waschen. Die Taschen voller Geld, aber ein völlig blankes Konto.

Mein famoses Auto, das für Marie-France von meinem aufwendigen Lebensstil zeugte, hatte ich mir über einen Strohmann besorgt: Ich ließ es einfach von einem ehemaligen Kunden kaufen, der fünfzehn Jahre wegen Mordes kassiert hatte. Zu den fünfzigtausend Euro, die es kostete, zahlte ich ihm zusätzlich achttausend bar auf sein Konto ein, worauf er mir als Gegenleistung einen Scheck ausstellte für einen nicht allzu pingeligen Autohändler, der ehedem selbst meine juristische Fürsorge genossen hatte.

Außer den aus seiner tiefsten Natur wachsenden Unerquicklichkeiten bescherte mir mein Geld obendrein die kleinen Kümmernisse der Bourgeoisie: dick werden vom ständigen Schlemmen, unter Bußen ächzen wegen des ständigen Falschparkierens beim Schlemmen, Ärger mit den Ärzten vor lauter Dickwerden durchs Schlemmen. Und nun auch noch diese beschissene Steuerprüfung …

Ich stöberte in meinen Unterlagen und sammelte jeden Zettel, auf dem eine Zahl stand. Den ganzen Schundhaufen schickte ich dann an Marie-France, den weiblichen Torquemada jener okkulten Macht, welche sich Finanzverwaltung nannte. Ich wollte ihr beweisen, dass ich ein guter Junge war.

Was würde die untadelige, die tugendhafte Marie-France davon halten?

8

»Sie haben acht Tage Frist, um den Bescheid anzufechten«, meinte Marie-France, während sie mir voller Liebreiz mit den Fingerspitzen ein Formular zuschob.

»Ich erhebe entschieden Einspruch! Sie haben mich aufgrund pauschaler Einschätzung mit hundertfünfzigtausend Euro pro Jahr auf drei Jahre zwangsveranlagt. Und obendrein bezichtigen Sie mich der Hinterziehung. Das ist reiner Wahnsinn. Nicht mal im Traum habe ich auch nur die Hälfte dieser Summe verdient.«

Marie-France schloss meditativ die Augen, als wolle sie sich innerlich befreien von der Verärgerung über meine absurde Anfechtung. Ihre Verfahrensregeln waren ja so unbestreitbar wie die Gesetze der Schwerkraft.

Axiomatische Marie-France.

»Ganz zu schweigen von der exorbitanten Strafe in Höhe von vierzig Prozent.« Trotz meiner besten Vorsätze brachte mich diese gute Frau aus der Fassung. Ich verlor jedwede Kontrolle und hielt ihr den Vordruck drohend unter die Nase: »Hinterziehung … Auf diesem Scheißblatt steht das Wort ›Hinterziehung‹ …«

»Monsieur Leibowitz …«, hob sie an mit fester, deutlicher Stimme, als wäre ich schwer von Begriff. »Ich habe Sie aufgefordert, mir Ihre Buchhaltung zukommen zu lassen.«

Ich brüllte:»Ich bin mit Leib und Seele Anwalt! Ich verwende meine dürftigen Einkünfte dazu, den äußeren Schein eines Wohlstands zu wahren, den ich nie gekannt habe. Wissen Sie, dass die Pariser Anwaltskammer voller Leute ist wie ich? Warum aber geht man lediglich gegen meine Person so verbissen vor? Schauen Sie mich genau an. Ja, schauen Sie mich mal an!«

Marie-France stieß einen elegischen Seufzer aus.

»Haben Sie mich jemals im Fernsehen gesehen? Strafverteidiger, die hundertfünfzigtausend Euro im Jahr verdienen, die kommen zumindest ins Fernsehen.«

»Sie sind hier nicht im Gericht, Monsieur Leibowitz. Sie brauchen nicht zu brüllen. Ich habe Sie aufgefordert, mir Ihre Buchhaltung zukommen zu lassen, und …«

Genau! Ich stand hier vor Gericht! Ich verteidigte mein Leben, denn ohne diesen Beruf war ich nichts mehr.

Um meine Worte zu untermauern, zeigte ich auf ihr Foto mit Lucien Lepers, das von ihrer unbestreitbaren intellektuellen Überlegenheit zeugte. »Sie sind doch eine intelligente Frau, nicht wahr?«

Kristallharte Marie-France.

»Marie-France. Ich darf Sie doch Marie-France nennen?«

»Nein, dürfen Sie nicht.«

»Sie wissen, was eine strafrechtliche Verfolgung wegen Steuerhinterziehung für einen Anwalt bedeutet? Das ist das Ende. Das Ende, Marie-France! Ein Verstoß wider die Verpflichtung zur Rechtschaffenheit, die zu unserem Eid gehört. Man würde mich vor das Strafgericht zitieren und dann aus dem Register löschen. Man würde mir das Einzige entziehen, was für mich zählt. Und wissen Sie, wer am Ende die Rechnung zahlt? Immer dieselben: die armen Teufel. Gerade diejenigen, die nicht die Mittel haben, sich einen Anwalt zu leisten, der ins Fernsehen kommt. Und genau das wollen die, die mich angeschwärzt haben. Die sind nicht wie Sie und ich, diese Leute. Die haben eine Sparbüchse anstelle des Herzens. Das wollen Sie doch nicht, Marie-France, nicht wahr?«

Marie-France ließ mich ausreden mit der Geduld und Nachsicht einer Hausfrau und Mutter gegenüber einem ihrer aufsässigen Bengel.

Nach einer strategischen Stille setzte sie ruhig von Neuem an: »Haben Sie vielleicht vor Kurzem eine Schenkung erhalten, die Sie vergessen haben zu deklarieren, Monsieur Leibowitz? Ihre Kontoauszüge …«

»Das sind kalte und berechnende Leute, die sich in die höchsten Schichten unserer Gesellschaft einschleichen, um unsere Institutionen zu manipulieren …« Im Zuge meiner Darlegungen hatte ich mich immer weiter über ihren Schreibtisch gebeugt und war schließlich bis auf wenige Zentimeter an ihr Gesicht herangelangt. Gleichwohl fuhr sie unerschütterlich fort:

»Sie kaufen keine Lebensmittel, keine Kleider, nicht einen Liter Treibstoff. Sie lassen sich von der Krankenkasse den Magen-Darm-Arzt rückerstatten, dem Sie keine Rechnung bezahlt haben. Aus Ihren Stromrechnungen schließe ich, dass Sie in letzter Zeit selten zu Hause sind.«

»Sie hören mir nicht zu, Marie-France!«, sprühte ich ihr ins Gesicht und sackte dann verzweifelt in meinen Sessel.

»Dafür sind Sie viel auf Reisen, in fernen Ländern, wie Ihre Vielfliegerkarte von Air France bezeugt. Sie gehören zu jenen sehr ausgabefreudigen Leuten, die keine Gelegenheit auslassen, da und dort etwas zu sparen. Das sind die nicht wirklich Reichen, diejenigen, die im Lotto gewinnen … Deshalb frage ich, ob Sie kürzlich eine Schenkung erhalten haben. In diesem Fall würden Sie uns die anfallende Schenkungssteuer zuzüglich der Verzugszinsen entrichten. Was die Strafzahlungen angeht, so gilt: Gut gestanden ist halb gebüßt …«

Sprichwörtliche Marie-France.

Ich war mit meinen Argumenten am Ende und trat den Rückzug an.

»Ihnen bleiben acht Tage, Monsieur Leibowitz ...«, hörte ich noch von fern.

Acht Tage!

Eine jämmerliche Idee kam mir in den Sinn. Sie könnte immerhin den Schaden begrenzen. Wenn ich Glück hatte, würde das ein wenig Mitgefühl bei den Beamten des Fiskus wecken, damit sie meine Akte nicht gleich an den Kammervorstand weiterleiteten. Was ich allerdings selbst kaum glaubte. Schlimmstenfalls verschaffte ich mir damit ein paar Argumente zur Einrede, sollte ich vor Gericht gestellt werden.

Leibowitz ist ein eingefleischter Spieler ...

Amel Choukri könnte mir eine eidesstattliche Erklärung ausstellen, wonach ich ein geradezu besessener Stammgast des Etablissements wäre, in dem sie arbeitete.

... Manchmal gewinnt Leibowitz sogar ein stattliches Sümmchen, das ihm erlaubt, seine Fernreisen zu bezahlen, und seine Tankfüllungen ...

Wenn ich beim Roulette mit ordentlichem Einsatz spiele, beispielsweise auf Rot oder Schwarz, dann stehen meine Chancen, den Einsatz zu verdoppeln, fifty-fifty. Da kann es doch durchaus sein, dass ich mit hohem Gewinn rauslaufe.

Ich musste nur Marie-France oder den Richtern meine sündige Neigung zum Spiel gestehen, in jenem Tonfall, in dem man über besonders schimpfliche Geschlechtskrankheiten spricht.

Warum eigentlich nicht. Gut gestanden ist halb gebüßt.

9

Also trat ich die Reise nach Forges-les-Eaux an, der Heimat aller wahren Casinofreaks. Natürlich nicht ohne die beiden Detektive, die mir am Arsch klebten.

Im Gegensatz zu Enghien, das letzten Endes ein simples Vorstadtkaff geworden war, lag dieses Dorf aus dem 18. Jahrhundert auf dem flachen Land und war ganz und gar dem Spiele geweiht. Dort konnte man wahrhaftig nichts anderes tun als spielen.

Ein Schild am Ortseingang belehrte mich, dass Voltaire vor mir hier gewesen war und auf den Putz gehauen hatte.

Im Spielsaal entdeckte ich sogleich Amel, wie sie auf hochhackigen Stelzschuhen anmutig und professionell mit Roulette und Rateau hantierte.

Wie konnten sie und Aziz bloß Zwillinge sein? Ihre physische Ähnlichkeit war offensichtlich – beide waren groß, gertenschlank ohne einen Pups Fett, mit großen schwarzen Augen. Aber: So sanft und reizend Amel war, so widerlich war ihr Bruder.

Ich machte ihr ein kurzes Zeichen, um ihr meine Anwesenheit zu signalisieren. Augenblicklich rief sie ein anderes Mädchen herbei, damit dieses für die folgende Runde ihren Platz am Tisch einnahm.

»Es war meine Mutter, die Sie angerufen hat. Ist sehr nett, dass Sie sofort gekommen sind.«

Ich hatte keine Ahnung, wovon sie sprach. »Genau so ist es …«

Amel hielt mir eine Vorladung hin: Garance Leclerc wollte sie in einem Monat einvernehmen.

Ein Monat: Diese Frist würde den Bullen genug Zeit lassen, ihre Untersuchung durchzuführen, während sie gleichzeitig die Familie beständig unter Druck hielt.

Ich erinnerte mich, dass Aziz mir erklärt hatte, Amel habe ihn überhaupt erst auf die Idee mit dem Einbruch gebracht, als sie ihm den Sohn Crespin de Fontanille vorstellte.

Ich fragte sie danach aus: »Stimmt es denn, dass du den Kerl kennst? Ich meine, persönlich.«

»Jeder kennt ihn. Man nennt ihn den Marshmallow. Weil er so rosig, dick und weich ist.«

Sie trat näher an mich heran und zeigte mir diskret den Typen, der am Tisch unmittelbar neben dem, den sie gerade verlassen hatte, am meisten Luft verwirbelte. »Das ist der Letzte der Sippe Crespin de Fontanille, erzählt man.«

Der Sohn des Faschos stellte jedes Bild, das man sich von einem degenerierten Sprössling machen konnte, in den Schatten. Ein gewaltiger Eunuch mit fahlem Haar, einem Lippenbärtchen à la Dario Moreno, auffallenden und exzentrischen Klamotten, dank deren er wie eine dicke Bonbonniere aussah. Er wurde von zwei hysterischen Tunten begleitet: schwarze, geschniegelte und gebügelte Laffen, die mit dem Arsch zappelten und bei jeder seiner Äußerungen gluckst en.

Wenn man recht darüber nachdachte, konnte man dem armen Henri ja nicht verübeln, dass er mit Papas Kohle auf den Putz haute. Was immer er angepackt hätte, nie hätte er die Erwartungen seines Vaters befriedigen können, nämlich mindestens den ersten Platz im Auswahlverfahren für die ENA. Dann lieber gleich alle Abende tüchtig abfeiern.

Sein Erzeuger konnte ihn aber auch nicht einfach verleugnen, denn das hormonelle Defizit des fetten Plumpsacks machte aus ihm schon fast einen Behinderten.

Henri Crespin de Fontanille, Letzter seines Namens, war ein Fluch für eine Familie wie die seine. Sie mussten sich ins Unabwendbare fügen.

»Und sein Vater? Weiß der, dass er hier ist?«

»Ich nehms an. Er hat mit dem Direktor ein Arrangement getroffen; hier ist das einzige Casino in ganz Frankreich, wo er nicht gesperrt ist.«

»Wegen deiner Vorladung hast du nichts zu befürchten. Das bisschen, was die Richterin vielleicht gegen deinen Bruder in der Hand hatte, das hat sie nicht mehr.«

Ich log schamlos.

Diese Vernehmung verhieß nichts Gutes. Vier Monate Bau wegen Beihilfe zum Diebstahl mit besonderer Schwere – genau das klebte der armen Amel schon förmlich an der Backe. Dagegen könnte ich überhaupt nichts tun, außer Einspruch zu erheben, nur würde es niemanden jucken.

Warum ihr also die Wahrheit sagen? Nur um ihr die Moral auf halbmast zu setzen?

Letzten Endes machte ich den gleichen Job wie ein Krebsarzt.

Amel starrte eine ganze Weile ins Leere. Ich spürte irgendwie, dass sie mir nicht alles gesagt hatte. Wenige Augenblicke später brach der Damm, und zwei Tränen rannen ihr über die Wangen.

»Was ist denn los? Ich werd dir in jedem Fall Rechtsbeistand leisten.«

»Schwören Sie mir, dass sie es niemanden sagen werden?«

Ich schwor.

»Meine Mutter ist zu den Bullen vorgeladen worden.« Sie brach in Schluchzen aus.»Die Polizei hat sie zu den Einkünften der Familie verhört. Sie musste die Buchhaltung des

Lebensmittelladens aushändigen, ihre Kontoauszüge, alles. Wenn Tarik das erfährt, bringt er alle um.«

»Aber nein. Tarik wird niemanden umbringen.« Ich nahm sie in die Arme, um sie zu trösten.

Über ihre Schultern hinweg bemerkte ich, dass die beiden Schlapphüte, die man für meine Beschattung bezahlte, gerade den Spielsaal betraten. Ich erkannte sie an ihrer Figur: zwei alte verknöcherte Komissköpfe, deren massige Körper sich, ganz steif und lahm vor Rheumatismus, wie Schränke bewegten.

Als Amel sich beruhigt hatte, sprach ich mit ihr über meine kleinen fiskalischen Widrigkeiten.

»Hören Sie, wenn die Direktion Wind davon bekommt, werd ich vor die Tür gesetzt und kann nirgendwo mehr arbeiten. Eine Falschaussage ... Das kommt mir jetzt ungünstig.«

Mein Pech, ich war an die Redlichste der Familie Choukri geraten.

Trotz allem tauschte ich fünftausend Euro in Jetons und machte es mir am Tisch des Degenerierten bequem.

Ich ließ ein paar Runden verstreichen, nur so, um mal zu sehen.

Was zu sehen?

Ich wusste es selbst nicht so genau. Sagen wir einfach, um einen Schritt zurückzutreten und so besser springen zu können.

Es wurde mir ganz übel. Marie-France hatte das richtig gesehen: Ich war ein Geizhals, der keine Gelegenheit ausließ, einen kleinen Schnitt zu machen. Die Antithese des Spielers.

»Faites vos jeux ...«

Ich stürzte mich ins eiskalte Wasser und legte meine sämtlichen Chips auf Rot.

»Rien ne va plus …«

Der Croupier warf die Kugel.

Henri, dem mein Einsatz nicht entgangen war, begann vor Genugtuung wie eine gewaltige Ohrenrobbe zu klatschen.

»Bravo … bravo … huh … huh …«

Die Laffen waren im siebten Himmel.

»Rouge, impair et manque.«

Gewonnen. Ein Rechen schob mir flink meinen Gewinn zu.

»Noch mal …«, heulte der Flossenfüßer. »Huh … huh …«

Ganz Profi, schmiss ich eine Hundert-Euro-Plaque Bakschisch, wie es Usus ist. »Fürs Personal …« Ich, der in der Kneipe höchstens zehn Centime liegen lässt, und da muss ich mich noch schwer überwinden …

»Faites vos jeux …«

Ich setzte erneut: alles auf Rot …

Die beiden Numider stimmten *Money … Money … Money …* von Abba an, um mir Mut zu machen.

Henri wiegte seinen dicken, in einen blumengemusterten Veloursanzug gezwängten Leib und klatschte dabei in die Hände.

»Money … Money … Money …«

Ich gewann wieder. Zwanzigtausend Euro.

Der Marshmallow kam zu mir und berührte meinen Wanst.

»Huh … der bringt nämlich Glück, der da.«

»Noch mal spielen … Noch mal spielen …«, hämmerten die Tucken, ihre Fäustchen geballt.

Ich wollte aufhören, spürte jedoch undeutlich, wenn ich jetzt ginge, würde die Ohrenrobbe und ihre Clique irgendwas mit mir anstellen, etwa eine Polonaise bilden, um mich bis auf die Straße zu verfolgen, und vor den Augen sämtlicher

Casinogäste eine Memme schimpfen. Das hätte ich nicht verkraftet. Und außerdem spürte ich in den Knochen, dass ich noch einmal gewinnen würde.

»*Faites vos jeux …*«

»Noch mal spielen … noch mal spielen …«

Zwanzigtausend Euro … Auf Schwarz diesmal … Meine Fresse!

»Nein! Auf Rot … Auf Rot … Setz sie auf Rot …«

Zögernd sah ich die Bonbonniere an, die, um das Glück gnädig zu stimmen, mit ihrem dicken Hintern wackelte und eine Art Ententanz begann.

»Auf Rot … Mein Schöner … Auf Rot … Rot liebt dich …«

Um mich zum Spielen zu animieren, setzte er selbst zweitausend Euro auf Rot.

Ich schob meine Jetons zu den seinen.

»*Rien ne va plus …*«

Henri nahm meine Hand und drückte sie, dass er sie fast zermalmte.

»Huh … huh …«, schrien die Laffen.

»*Noir, pair et manque.*«

Meine neuen Freundinnen kamen zu mir und trösteten mich. In meinem Elend ließ ich es geschehen. Das Gläschen zur Stärkung aber, das sie mir anboten, schlug ich aus. Ich zog es vor, mit den beiden Alten an den Hacken Richtung Paris zu entfliehen.

10

Aziz war grantig; ich hatte ihn ins Sprechzimmer kommen lassen, während er auf dem Hof gerade mitten im Biz gewesen war.

»Ich hab nie behauptet, es hätte nur sieben Bilder gegeben. Da war 'ne Zeichnung von einer Frau mit dicken rosa Armen. So ein Teil mit zwei Hunden mitten in einem Gummibaumwald, du weißt schon, die Pflanzen mit den großen grünen Blättern …«

»Ja, der Rousseau. Und sonst?«

»Ääh … zwei Dinger mit einem Haufen Farben und so was wie Engel mit Mongoloidenbirnen, ziemlich irr. Dann was Blaues. Ein Mädchen, das seine Pussi zeigt, und ansonsten weiß ichs nicht mehr so genau, außer, dass es acht waren, da bin ich sicher. Ich hab sie in meine Sporttasche gestopft. Ich wollte noch andere mitnehmen, aber die gingen nicht mehr rein. Ich hab nur acht nehmen können.«

»Andere?«

»Klar, in sämtlichen Räumen hingen welche rum; nicht nur im Salon.«

»Jedenfalls hat er nur sieben angegeben.«

»Das achte ist vielleicht nichts wert, könnte ja sein.«

»Könnt schon sein«, erwiderte ich, mit der vagen Vision, den Schiele selbst zu behalten.

Daraufhin wechselte ich jäh das Thema: »Deine Schwester ist in einem Monat bei der Untersuchungsrichterin vorgeladen, und die Bullen haben deine Mutter verhört.«

»Warum? Die haben mit dem Diebstahl doch gar nichts zu tun.«

»Du selbst hast mir doch gesagt, Amel hätte dich auf den Trichter gebracht. Gestern war ich in Forges-les-Eaux und hab dort die dicke Tucke gesehen. Ich will dir nicht verhehlen, dass deiner Schwester ein Ermittlungsverfahren droht …«

»Das gibts ja nicht!«

»Sie könnte sogar in Untersuchungshaft gesteckt werden.«

Aziz hielt mit Mühe die Tränen zurück.

»Das ist bloß Einschüchterung. Falls sie in den Knast wandert, werden die den Haftbefehl nicht erneuern können, weil sie ohne die Gemälde keine Beweise haben. Amel wird vier Monate abreißen und wieder rauskommen.«

»Im Knast! Nicht mal im Traum …«

»Und in ein paar Jahren, wenn Gras über die ganze Sache gewachsen ist, versuchst du, die Dinger zu verkaufen …«

»Um sich von dicken Lesben den Arsch filzen zu lassen … Nicht mal im Traum, hörst du?«

Ich war schon versucht, noch nachzulegen und ihm zu raten, die Dinger in seinem Fünf-Zimmer-Küche-Diele-Bad aufzuhängen, doch es stand zu befürchten, dass irgendwelche Zidane-Poster ihm mehr Freude machten, vor allem, wenn diese Gemälde Amel ins Gefängnis gebracht hätten.

»Die Bilder müssen wieder an ihren Platz zurück«, sagte er.

»Was?«

»Du handelst die Aktion mit Crespin-Nochwas und der Richterin aus. Du sagst denen, ich wär bereit, ihnen das Versteck zu verraten und die Bilder zurückzugeben, wenn sie die Sache fallen lassen. Auf die Weise kann ich Amel reinwaschen. Ich behaupte einfach, ich selbst wär dem Dicken gefolgt und dass sie überhaupt keine Ahnung davon hatte.«

»Nur weil Crespin de Fontanille seine Anzeige zurückzieht, sofern er das überhaupt tut, wird die Staatsanwaltschaft ihre Strafverfolgung noch lange nicht einstellen. Du wirst vor Gericht kommen und verurteilt werden.«

»Was kann ich schon kriegen? Achtzehn Monate ohne Bewährung? Juckt mich das? Wenigstens werden sie die Finger von Amel und von meiner Mutter lassen.«

Mir ging das alles gegen den Strich. »Nun wart mal, ich bin schließlich Risiken eingegangen, um die Bilder rauszuholen. Ich hab jemand Vertrauenswürdigen gefunden, der sie versteckt. Und jetzt verlangst du von mir, ich soll sie wieder zurückbringen? Verdammt noch mal, wer wird denn hier verarscht?«

»Ich weiß, dass du diesen Coup supergut durchgezogen hast. Kannst ja einfach das Bild, das zu viel ist, behalten.«

»Klar doch … Und der Kerl, der deine Box aufgemacht hat?«

»Der soll sich bei den Sachen aus der Box bedienen.«

»Ich hab doch keinen Eisenwarenhändler gebeten, mir zu helfen. Der hat mehr Jahre im Gefängnis verbracht als du auf Erden.«

»Okay, dann bezahl ich ihn. Ich hab draußen einen Haufen Geld.«

»Fünfzehntausend.«

»In Ordnung, fünfzehntausend.«

»Und fünftausend für das Mädchen, das die Bilder bei sich versteckt.«

»Geht klar, geht klar …«

»Es gibt trotzdem ein Problem. Da sind noch die Typen, die überall, wohin ich geh, an mir kleben. Crespin de Fontanille hat die auf mich angesetzt. Ich kann keinen Schritt tun, ohne sie am Arsch zu haben.«

»Ich werd mit Tarik drüber reden.«

»Richtig, tu das mal«, meinte ich, um dieser Unterredung ein Ende zu setzen.

Also wirklich, ich hatte die Nase voll von diesen Choukris. Ich entschied mich, in meine Kanzlei zurückzukehren.

Mittags sollte ich mit Lazare essen gehen, anschließend hatte ich eine Verabredung im Jardin de Luxembourg zu einem Tennismatch mit Kollegen, in weiser Voraussicht auf das famose Turnier, zu dem mich anzumelden Garance sich die Freiheit genommen hatte in der Hoffnung auf ein Tête-à-Tête nach dem Muster unserer jungen Jahre.

Die Idee war letztlich gar nicht so schlecht. Ich spürte, dass mein Sex-Appeal einen Kratzer abbekommen würde, sollte ich mich weiter zur Korpulenz hin entwickeln. Etwas körperlicher Einsatz war gefragt.

Vom Fenster aus erkundete ich unauffällig die Straße. Ich schaute nach meinem Wagen mit dem Bild im Kofferraum, das nunmehr *mein* Schiele war, aber ebenso nach den beiden immer noch vor dem Chinesen parkenden Beschattern. Nach vierzig Jahren im Dienst mussten sie wohl den Dreh raushaben, wie sie im Sitzen schlafen und ihre Pisse recyceln konnten.

Es frustrierte mich, mein Bild nicht aufhängen zu können.

Da mir noch eine Stunde Zeit totzuschlagen blieb, ging ich hinunter und begab mich zur FNAC, um mir eine Monografie über den Schöpfer *meines* Gemäldes zu beschaffen. Für ein Vermögen erwarb ich schließlich den vollständigen Werkkatalog: sämtliche verzeichneten Bilder von Schiele jeweils mit Reproduktion und Geschichte.

Zwischen den Auslagen sah ich einen der beiden Schlapphüte herumschlendern, wie wenn nichts wäre, eine dicke Bulldogge mit stockfleckiger Visage. Ich tat, als verließ ich das Geschäft, und versteckte mich hinter einem Reklameschild. Darauf fragte er die Kassiererin aus, was ich denn gerade gekauft habe. Ich sah, wie er dem Mädchen, das ihm nicht gleich antwortete, ein Scheinchen in die Hand drückte, um dessen Zurückhaltung zu bezwingen.

Die beiden da gingen mir allmählich auf den Senkel.

Aus ihrem Bericht würde Crespin de Fontanille erfahren, dass ich mir Informationen beschaffte über das Gemälde, das er nicht angegeben hatte. Somit erhielte er die Bestätigung, dass mein Kunde tatsächlich der Dieb war.

Aber was juckte mich das, wo Aziz doch beschlossen hatte, ihm die vermaledeiten Bilder zurückzugeben?

Den Schiele, den kann er sich allerdings abschreiben, was immer auch passiert, dachte ich im Hinausgehen.

Lazare wirkte müde, als ich ihn sah. Er, der üblicherweise von Kraft nur so strotzte, machte allmählich einen angegriffenen Eindruck. Die Freiheit hatte ihm gewissermaßen einen Schlag Jugend beschert, doch die Wirkung ließ langsam nach. Sein Krebs gewann sichtlich wieder die Oberhand.

Ich erinnere mich, dass ich an jenem Tag große Traurigkeit empfand bei der Aussicht, ihn zu verlieren.

Ich berichtete ihm von meinem Gespräch mit dem kleinen Choukri.

»Dein Kunde da weiß wirklich nicht, was er will.«

»Er hat Angst um seine Schwester.«

»Für fünfzehntausend Euro häng ich dem Kerl die Bilder doch direkt wieder an die Wand.«

»Wir bringen sie zurück in die Box, und ich organisier mit

der Richterin eine Durchsuchung in Anwesenheit von Aziz Choukri und dem Geschädigten. Ein feierlicher Augenblick wird das. *Confessio est regia probationum:* Das Geständnis ist die Königin der Beweise.«

»Weißt du, ich hab mich nicht getäuscht, was dich angeht. Du rackerst dich voll ab für deine Kundschaft. Was du für Sellem getan hast, ihm zur Flucht zu verhelfen, das war ganz groß! Und jetzt für den kleinen Choukri … Ich weiß genau, du machst das nicht bloß für den Schotter.«

Lazare hatte meine extreme Arroganz völlig durchschaut. Nicht das Geld motivierte mich zu all den Dummheiten. Keineswegs. Ich war von einer Mission erfüllt: Ich führte einen Kreuzzug wider die Heuchelei dieser Justizbeamten, die nach allen Seiten Lektionen erteilten, und gegen meine Kollegen, die einzig und allein am Geld interessiert waren. Dass ich mir ständig Scherereien einhandelte, ließ sich im Grunde mit einem einfachen Satz erklären: Ich verachtete diese Meute aus dem Grund meines Herzens …

»Die haben dir sicher einen ordentlichen Packen rübergeschoben.«

»Stimmt, aber ich habs nicht nur fürs Geld getan. In Aziz Choukris Fall ist das noch offensichtlicher. Er ist keine Leuchte, aber bösartig ist er nicht, und als ich ihn kennengelernt hab, ist er noch mit seinem Schmusetuch rumspaziert. Es tut mir in der Seele weh, wenn ich seh, dass er einzig und allein nur deshalb strenger bestraft wird, weil ers gewagt hat, Bilder von einem Drecksack zu stehlen, der überall seine Finger drin hat. Ich sag mir halt, dass irgendwas nicht richtig läuft im Staate Frankreich.«

»Schade! Nicole hatte das Teil mit den Kötern zwischen den Blättern schon ins Herz geschlossen. Und außerdem hätten wir ihm gute Tipps geben können, wie er sie zu 'nem guten Preis verkaufen kann, und nebenbei wäre auch für uns ein Scheinchen abgefallen. Aber gut, wenn man auf seine Familie Druck ausübt … Weißt du, ich mag sie sehr, die Nicole. Ist ein klasse Mädchen. Wenn ich ihr früher begegnet wär, hätten wir sicher zusammen ein paar Dinger gedreht. Wer weiß, vielleicht hätten wir sogar geheiratet.«

»Sie haben mir doch neulich gestanden, Sie hätten drei Kinder.«

»Ich hab sicher noch mehr, aber das sind die Einzigen, die ich anerkannt hab. Ich bin kein toller Vater gewesen, kannst du dir ja vorstellen. Doch jedes Mal, wenn ich einen guten Coup gelandet hatte, hab ich versucht, ihnen eine Kleinigkeit zu schicken. Letztens hab ich den kleinen Kanaken gesehen. Er ist verdammt intelligent, weißt du, er wird 'ne Ingenieursschule absolvieren: was richtig Kompliziertes.«

Er erzählte das mit solchem Stolz, dass ich ganz gerührt war.

Meine Sporttasche in der Hand, schritt ich den Tennisplätzen des Jardin de Luxembourg entgegen. Statt meine Karre zu nehmen, hatte mich der Ehrgeiz beschlichen, den gesamten Boulevard Saint-Michel zu Fuß zurückzulegen, auf dass der Kalbskopf Sauce Gribiche rutschen mochte, den ich mir kurz zuvor mit Lazare genehmigt hatte. Doch kaum lag die Rue des Écoles hinter mir, ging ich auch schon auf dem Zahnfleisch.

Garance hatte ich, in jenem famosen Jahr 1983, im Universitätssportverein kennengelernt. Wir hatten uns beide für Tennis entschieden. Nach einer Saison intensiven Bumsens und Trainierens waren wir zu den Stars des gemischten Doppels sämtlicher Fakultäten Frankreichs geworden.

Durch mein »Sitzenbleiben«, mein Wiederholungsjahr, hatte Garance nicht allein ihren Liebhaber verloren, sondern auch ihren Tennispartner. Wenn ihr nun so viel daran lag, dass ich mein Training wieder aufnahm, stand das Schlimmste zu vermuten.

Wie ich feststellte, spielten Anwälte und Justizbeamte nicht zusammen, vielmehr blieb ein jeder in Erwartung der finalen Konfrontation auf seinem jeweiligen Court.

Schon von fern erkannte ich Garance sofort, sie trug einen gut sitzenden Tennisdress und beobachtete die Spieler. Sie hatte die Hachsen auf einen Parkstuhl gelegt, genoss die Wintersonne und wippte im Rhythmus irgendeiner Musik, die aus ihren Ohrhörern kam.

Ich begaffte ihre herrlichen Beine. Die hat sich verdammt gut gehalten, die Schlampe.

»Tja, da bin ich!«

Sie wandte mir den Kopf zu.

Ich unterdrückte einen Schrei. Meine Garance! Die Garance meiner Zwanziger.

Nonchalant zog sie einen der Stöpsel aus dem Ohr und musterte mich mit klinischem Blick. »Monsieur?«

Ein noch jüngeres Mädchen trat auf uns zu. Ein weiterer Klon: Garance, sechzehn Jahre alt.

Verdutzt starrte ich die beiden Mädchen an.

»Wer ist das?«, fragte das jüngere der beiden Ebenbilder.

»Keine Ahnung«, meinte die andere schulterzuckend und steckte den Ohrstöpsel wieder zurück.

Die sechzehnjährige Garance bohrte ihren Blick mit einer Schamlosigkeit in den meinen, dass mir ganz unbehaglich wurde.

»Ah! Da bist du ja! Ich war sicher, dass du kommen würdest«, sagte das Original, während es mir auf die Schulter klopfte.

Ich schreckte hoch.

»Das ist der Monsieur, von dem Mama euch erzählt hat. Ihr ehemaliger Verlobter.«

Die beiden Mädchen gluckten. Ein noch nicht pubertierender Prototyp gesellte sich zu den anderen: Garance, acht Jahre alt.

»Das ist Mamas Verlobter«, brüllte die Zwanzigjährige, um die taub machende Musik zu übertönen.

»Na hör mal, der ehemalige Verlobte«, korrigierte Garance errötend.

»Er ist alt!«, fand die Kleine.

»Aber nein, das sagt man doch nicht. Der Herr ist so alt wie Mama. Ganz genau sogar.«

»Nein, er ist nicht alt, ihm fehlt nur ein bisschen Training«, diagnostizierte die Jüngere, die mich nach wie vor nicht aus den Augen gelassen hatte.

Ich wäre am liebsten im Erdboden versunken.

Doch wo war nur der Erzeuger? Tot? Geflohen? Ich befürchtete das Schlimmste.

»Ich hab euch ja gar nicht vorgestellt. Also: Josephine, die Größte. Unsere Josephine hat ihren Abschluss letzten Juni mit Auszeichnung und einem Jahr Vorsprung gemacht! Die lange Bohnenstange da, die uns viel Sorgen macht, das ist Antoinette. Sie will Anwältin werden, stell dir das mal vor! Und unser Baby, Eulalie.«

»Sie sind sehr robust … Ich meine athletisch … Na ja, ich will damit sagen, dass sie sicher sehr gut Tennis spielen«, stammelte ich.

»Du spielst dich erst mal wieder ein bisschen ein, und wenn dein Training beendet ist, machen wir ein Match. Wir beide gegen die Mädchen. Wir warten auf dich. Nicht wahr, Mädchen? Josephine ist Ranglistenspielerin. Die werden uns in die Pfanne hauen …«

»Ich … ich glaub, ich bin auf dem Anwaltscourt an der Reihe, und die überspringen mich, wenn ich nicht sofort hingehe«, rief ich und nahm Reißaus.

Bei den Anwälten gab es fast nur solche, die auf Handelsrecht machten. Zwar stand es ihnen nicht auf der Stirn geschrieben, doch man erkennt sie an der behaglichen Selbstsicherheit, die daher kommt, dass sie im Geld schwimmen. Sie sahen aus wie die Kardiologen aus Neuilly.

Ich hätte damit rechnen müssen, schließlich hatten Strafrechtler mit Sport nicht viel am Hut. Die leben das ganze Jahr über bis zum Hals in der Scheiße aus Gewalt, Jammer und Elend, drum trinken und fressen sie lieber. Das vertreibt ihre Ängste besser als das Rumhopsen auf einem Spielfeld.

Ich kannte lediglich zwei der anwesenden Kollegen. Zwei Polizeianwälte, recht vergnügte Typen aus Korsika. In Strafverfahren waren sie oft meine Gegner gewesen und hatten wegen jedes Wehwehchens oder beleidigten Seelchens ungerührt Schadensersatz und Schmerzensgeld eingefordert – von vornherein eine sichere Bank.

Immer, bis auf einmal, da war das Spiel andersrum gelaufen. Eine wunderschöne Erinnerung, ein Fall, der auf der Zunge zergeht. Mein Mandant, ein Wildling zweifelhafter Herkunft, hatte plötzlich einen Hoden weniger, nachdem ihn ein Polizeihauptmann »zur Räson gebracht« hatte, dem die Fünf-zu-zwei-Niederlage von Paris-Saint-Germain gegen Lens die Laune verdorben hatte.

Wahrhaftig, Frankreich wird vor dem Europäischen Gerichtshof für Menschenrechte ewig im Wettstreit mit der

Türkei liegen, wenn es um inhumane und entwürdigende Behandlung geht.

Die Anwälte der Polizeipräfektur waren immer Korsen, wie die Kneipiers aus Aveyron oder die Magazinverwalter der Auktionshäuser aus Savoyen stammen. So war es seit grauer Vorzeit. Niemand wusste mehr so recht, warum.

»He … Leibowitz … hast du etwa in Fresnes spielen gelernt?«

»Ha … ha … ha … Ich lach mich kaputt! Ihr werdet schon sehen, ich bin gar nicht so schlecht, wies scheint.«

Nachdem sich meine beiden Amtsbrüder auf korsisch ausgiebig über meine Birne lustig gemacht hatten, wurden sie einer nach dem anderen plattgemacht.

Hiervon waren sie derart beeindruckt, dass sie mir einen Spitzenplatz in ihrer Mannschaft überließen. Sicher fehlte es mir an Training, doch ich hatte noch immer allerlei zu bieten.

Leibowitz, der Exknacki, in der Mannschaft der Bullenanwälte. Was es nicht alles gibt auf dieser Welt.

Als ich verschwitzt meinen Schläger wegpackte, wurde mein Rückzug in die Kanzlei jäh von eine Mauer aus üppigen Brüsten und weißen Röckchen gestoppt.

»Na, will da einer die Fliege machen?«, meinte Garance schelmisch.

»Ich bin erschöpft«, ächzte ich Mitleid heischend.

Unempfänglich für mein Jammern nahm sie mich beim Arm und schleppte mich eigenmächtig mit auf den Court. Dann verlangte man von mir, dass ich einen Satz gegen die beiden Großen spielte, während die Kleine die Bälle aufhob.

Ich fügte mich, wobei ich so gut spielte, wie ich eben konnte. Es mag überraschen, aber ich ertappte mich dabei, dass ich diese fast schon Familienidyll zu nennende Szenerie ziemlich angenehm fand. Auch wenn mir das alles wie eine Falle vorkam.

Wenn ich nicht aufpasse, ende ich noch am Weihnachtsbaum und danke ihnen für die hübsche Krawatte, die sie für mich ausgesucht haben, dachte ich, während ich auf meinen Aufschlag achtete, und dabei musste ich lächeln.

Als Garance und ich dann drei zu zwei führten, ging plötzlich ihr Pieper los.

»Ich mache heute Notbereitschaft. Dürfte wohl 'ne ganze Wagenladung Verfahrensentscheide anstehen, dass die mich jetzt anrufen. Also, Mädchen, ihr bringt Eulalie nach Hause. Tut mir leid, Christophe, ich muss dich verlassen. Aber schwör mir, dass wir das noch mal versuchen.«

»Mein Mandant, Aziz Choukri, hat dir wichtige Enthüllungen zu machen ...«

»Oh die Arbeit, die Arbeit, immer nur die Arbeit ...«

»Deinetwegen habe ich am Ende des ersten Studienjahrs meine Prüfungen vermasselt. Ich möchte nicht, dass sich etwas Derartiges wiederholt.« Ich hätte nichts Besseres finden können, um sie vor Genugtuung erröten zu lassen.

»Warum hat der Mann deinetwegen seine Prüfungen vermasselt, Mama?«, erkundigte sich die Kleinste.

»Um dir die Wahrheit zu sagen, ich hab das schon ein bisschen erwartet, als ich Amel Choukri vorgeladen habe«, stammelte Garance mit feuerroten Wangen.

»Warum hat der Mann deinetwegen seine Prüfungen vermasselt, Mama?«

»Ich erklärs dir. Sobald ich meine Lektion lernen wollte, ist deine Mama mich holen gekommen, um Sport zu treiben, und darum war ich ständig müde.«

Nachdem Garance fort war, bedeutete die Älteste ihren

Schwestern, sie sollten einpacken, um den Heimweg anzutreten.

»Geht schon mal ohne mich, ich bleib noch für ein paar Ballwechsel mit Christophe. Ich darf Sie doch Christophe nennen, nicht wahr?«, meinte Antoinette, die Mittlere, mit geilem Blick.

Ich wich aus: »Auf mich wartet noch Arbeit. Ein andermal vielleicht.«

Als ich meinen Schläger dann endlich in seiner Hülle verstauen konnte, scharwenzelte sie noch immer um mich herum. »Mama hat Ihnen ja gesagt, dass ich Anwältin werden möchte. Ich könnte doch mal in den Justizpalast kommen und Ihnen zuhören? Morgen, zum Beispiel.«

Auf keinen Fall morgen, dachte ich. Der Fall, den ich am Nachmittag vertreten musste, war anzüglichen Charakters. Eine junge Frau hatte, durch einen forschen Biss, die Zunge eines Typs verletzt, der ihr selbige mit Gewalt in den Mund hatte stecken wollen. Ich war für den armen Kerl zuständig.

Vehement versuchte ich, ihr den Besuch der Verhandlung auszureden, vergaß dabei aber völlig, dass jeder Druck auf eine Heranwachsende kontraproduktiv wirkt. Ich war mit meinen Argumenten am Ende und konnte nur noch sagen, dass sie von einer Niete wie mir nichts lernen konnte. Vergeblich.

»Also bis morgen im Justizpalast«, meinte Antoinette strahlend.

Ich war geschlagen und seufzte.

»Eine indiskrete Frage …«

»Unser Vater? Der hat sich verzogen, als Mama ihre dritte Tochter bekommen hat. War das die Frage?«

»Äh, ja!«

»Wir sehen uns morgen«, sagte sie noch und winkte.

Diese Kleine hat noch mehr Feuer im Arsch als ihre Mutter, dachte ich, während ich ihrem davonschwingenden weißen Röckchen nachschaute.

Intermezzo

Bergamote ist außer Atem. »Ich hab keinen einzigen Wadenstrumpf gefunden. Dafür hab ich aber ein Paar dicke Wollstrümpfe gekauft. Bei denen werden wir die Füßlinge abschneiden.«

»Das kann klappen.«

Ich lege zehn Euro auf den Tresen. Als Antwort zwinkert Jo mir zu, um mir gutes Bumsen zu wünschen.

Wir gehen in meine Wohnung hinauf.

Mit einer reizenden Ungeniertheit unternimmt sie einen Rundgang, als wäre es ihre.

»Deine Ausstattung, die ist … die ist irgendwie von der Sorte …«

»Irgendwie von der Sorte was?«

»Irgendwie von der Sorte Typ, der sich das Problem ein für alle Mal vom Hals schaffen will, indem er den ganzen Kram am selben Tag in einem superteuren Laden kauft.«

Ihr Röntgenblick rührt mich. »Geh dich fertig machen.«

Ich lege ein beigefarbenes Tuch über mein Sofa, damit der Hintergrund wie auf Schieles Bild ist.

Ich bin hochgradig erregt.

Warum eigentlich habe ich mich nicht schon früher in die Inszenierung solcher Stilleben gestürzt?

Bergamote taucht kichernd aus dem Bad auf. »Ich fühl mich lächerlich in dem Aufzug. Erinnert an Heidi.«

»Steht dir wirklich gut, das Rot! Lös dein Haar …«

Ich streichle ihre Schultern, während ich geschickt ihre Frisur arrangiere.

Ich kann dem Verlangen nicht widerstehen, meine Hand in ihr Oberteil gleiten zu lassen, um eine der Brüste zu umfangen. Sie ist schwer und warm wie ein Straußenei, das gerade gelegt wurde.

Bergamote lächelt mir zu.

Ich habe einen Ständer. Widerwillig ziehe ich meine Hand zurück, ich möchte nichts hinschludern.

»Setz dich da hin, auf die Hinterbacken ... Mehr nach hinten ... Genau ... Die Knie anwinkeln ... Genau ... Etwas weniger ... Genau ... Zieh den Rock hoch ... langsam ... Langsam ...«

Ich mache es mir bequem, um von der allmählichen Enthüllung ihres rosafarbenen, von der Innenseite ihrer Oberschenkel umrahmten Geschlechts nichts zu verpassen.

»Noch weiter ... Langsam ... Aber du hast ja die Muschi einer Bäuerin!«

Heftig schlägt Bergamote ihren Rock wieder über die Beine. »Was?«

»Sie ist voller Haare, und die sind auch noch schwarz.«

»Na und?«

»Das geht nicht. Du musst rötliches Schamhaar haben, und nicht zu dichtes, damit man das Innere gut erkennt. So kann man nichts sehen.«

»Wie ein kleines Mädchen, klar doch! Du bist ja ein richtiger Schweinigel!«

»Nein, wie das Mädchen auf dem Bild. Sieh dir mal genau an, wie Schiele seine Modelle malte ...« Ich reiche Bergamote den Bildband. Sie blättert aufmerksam darin.

»Stimmt, ist verdammt unanständig.«

Ich lese vor: »*Auf dem Bauch liegender Kinderakt*. Man sieht lediglich den Spalt ihres von bleichen Pobacken und

Schenkeln umrahmten Geschlechts. Ist klar, dass man so was heute nicht mehr malen kann.«

Ich lasse sie bei einem Aquarell ähnlich dem Bild verweilen, das wir zu gestalten versuchen. »Siehst du, ungefähr so möchte ich, dass du posierst.«

Sie betrachtet es genau. »Ist das das Mädchen mit dem roten Haar?«

»Nein, aber es gleicht ihm. Das hier ist Wally Neuzil, Schieles Freundin.«

»Wie alt war sie?«

»Ein kleines bisschen jünger als du. Sagen wir mal, die drei, vier Jahre, die den Unterschied machen.«

»Hast du kein Foto in deinem Werkkatalog?«

»Eben, ich hab keins, aber alles ist hier drin, in meinem Kopf.«

Sie betrachtet es erneut … Dann lächelt sie mich an. »Und wenn dann alles so ist, wie dus haben willst? Wer sagt mir, dass du mich dann nicht in Scheiben schneidest in deinem komischen Appartement, das ganz so aussieht, als wärs bloß für den Abend angemietet.«

»Wir können gleich bumsen, falls dich das beruhigt, aber damit verderben wir alles …«

Mein Trip hat ihr vom ersten Moment an gefallen. Aber jetzt zögert sie.

Ich versetze ihr den Todesstoß mit meinem durchdringenden Blick: »Weißt du, Warten schürt das Verlangen …«

»Gut. Ich werd mich umfärben und epilieren … Das ist dann aber auch das Letzte, was ich mache!«

»Das Letzte, und es wird perfekt sein. Danach, wenn du willst, erzähl ich dir die Geschichte von *Emma.*«

11

Weihnachten stand vor der Tür.

Wonniglich unter meinen Decken vergraben, bewunderte ich die Schneeflocken, die auf das Geländer meines Balkons fielen.

Doch mit einem Mal holte mich das beharrliche Lärmen der Klingel aus meinen Träumereien.

»*Maître Doumergue,* Gerichtsvollzieher ...«

Ich schaute auf meine Armbanduhr: acht Uhr dreißig. Eine Uhrzeit, die nichts Gutes verhieß. Ich schlüpfte in meine Unterhose und öffnete.

Eine ganze Horde Möbelpacker quoll durch die Tür in meine Wohnung. Hinter ihnen der Gerichtsvollzieher, der mir im schönsten Durchzug einen Packen Papiere zum Unterschreiben hinhielt.

Ganz am Ende der Kohorte, aus der Tiefe des Treppenhauses, sah ich eine Gestalt auftauchen, die mir mittlerweile angenehm vertraut war: Marie-France.

Während ich schon Anstalten machte, mich in außergewöhnlich vulgären Beschimpfungen zu ergehen, gebot sie mir mit einer so knappen wie herrischen Geste Einhalt: »Ich weiß, was Sie sagen werden, Monsieur Leibowitz. Auch für mich ist es kein Vergnügen, zu derart morgendlicher Stunde mitten in der vorweihnachtlichen Einkaufszeit meine Dienstpflicht zu erfüllen. Da Sie uns wahrscheinlich wie alle Anwälte in einen endlosen Rechtsstreit hineinziehen werden, sehen wir uns gezwungen, zu einer Sicherstellung Ihres Besitzes zu schreiten, damit Sie nicht in Versuchung geraten, in der Zwischenzeit Ihre Insolvenz zu arrangieren ...«

»Welchen Rechtsstreit?«

Mit spitzem Finger zeigte sie auf eines der Papiere aus dem Packen, den der Gerichtsvollzieher mir in die Hand gedrückt hatte: ein seiner babyblauen Farbe wegen gleichwohl bestens zu identifizierendes Papier. Eine Vorladung vor die Strafkammer.

Wie versteinert stand ich in meiner Hawaiunterhose vor ihr. »Marie-France … Warum zerstören Sie mein Leben?«

Marie-France rieb sich die Schläfe, um die böse Migräne zu vertreiben, die ihren Schädel fest im Griff hatte, seit sie in letzter Minute in ihre morgendliche S-Bahn gestolpert war. »Ich habe es Ihnen doch bereits erklärt: Ich mache keine persönliche Angelegenheit aus Ihrem Fall.«

»Sie stehen am Ende der Kette, Marie-France. Sie gehören zu denen, die auf den Knopf drücken und dann sagen: ›Ich habe von allem nichts gewusst.‹«

Als Erstes kam die Heimkino-Anlage dran und danach ein Reigen von tausend anderen Dingen. Die Möbelpacker verfrachteten alles behänd ins Treppenhaus, wie eine Ameisenkolonne sich eines Picknickkorbs bemächtigt.

Weil bald beißende Winterkälte meine Wohnung erfüllte, begab ich mich in mein Schlafzimmer, in dem lediglich noch mein Bett und eine von der Decke hängende Fassung mit einer nackten Glühbirne vorhanden war. Ich zog einen Pullover über und dachte dabei an jenen Katastrophenfilm, *Wenn die Marabunta droht,* den ich mal als Kind gesehen hatte, in dem die schöne Eleonor Parker in der afrikanischen Schwüle vor einer Kolonne fleischfressender Ameisen flieht, die alles auf ihrem Weg verwüsten.

Als ich wieder aus dem Zimmer kam, war die Kolonne verschwunden. Allein Marie-France, die Marabunta-Königin, war noch geblieben und wartete geduldig auf der

Türschwelle mit einem Vordruck auf mich, den ich unterschreiben sollte.

»Eigentlich bin ich nicht verpflichtet, Ihnen das mitzuteilen, doch die Möglichkeit eines Eilantrags auf Aussetzung der Vollziehung, gemäß Gesetz vom 30. Juli 2000 betreffend Eilverfahren vor dem Verwaltungsgericht, ist durch den Staatsrat bei seinem Entscheid in Sachen Janfin GmbH auf die Sicherstellungen bei Steuerfällen ausgedehnt worden.«

Rechtskundige Marie-France.

»Ich sehe, dass ich Ihr Mitleid wecke, Marie-France, nur leider verstehe ich kein Sterbenswörtchen von all dem, was Sie mir erzählen. Und was nun die Möglichkeit angeht, mir einen Steuerrechtsanwalt zu nehmen, der mich verteidigen kann: Es würde mich nicht überraschen, dass auch eine Sicherungspfändung meines Kontos veranlasst wurde. Ich kann ihn mir also nicht leisten. Oder täusche ich mich?«

Marmorne Marie-France.

Ich täuschte mich nicht.

»Unter diesen Umständen werde ich Sie nicht länger aufhalten. Sehen Sie, jetzt muss ich in den zehn Tagen, die Ihr Amt mir einräumt, genügend Schwarzgeld verdienen, um einen Kollegen zu bezahlen, der mir zwar dreihundert Euro für die Stunde aus den Rippen leiert, im Gegensatz zu mir aber Ihren eifrigen Nachforschungen nicht ausgesetzt sein wird.«

Als Marie-France aus der Tür war, rief ich Bertrand an, um ihn über meinen neusten Schicksalsschlag zu informieren.

Er beschwichtigte mich: Ich würde zwar in einer finsteren Scheiße stecken, doch werde er alles tun, was in seiner Macht stehe, um das Henkersbeil so lange als möglich aufzuhalten, ehe es auf den Richtblock niederfahren werde.

12

Deprimiert kleidete ich mich mit dem an, was die erbarmungslose Marie-France mir gelassen hatte, und begab mich in mein Büro. Gott sei Dank war ich auf die Idee gekommen, meinen Wagen auf jemand anderen zuzulassen.

Es war neun Uhr, und man konnte sagen: Der Tag hatte übel begonnen. Zu allem Überfluss setzte mir der Typ mit der wieder zusammengenähten Zunge, den ich am Nachmittag verteidigen sollte, auch noch zu und lallte mir unverständliche Botschaften auf den Anrufbeantworter.

Ich hätte diesen Fall nie übernehmen dürfen, doch er hatte mich gedauert.

Für gewöhnlich gehe ich Opfern möglichst aus dem Weg. Sie erwarten Mitleid und sind von der Sache aus kleine Tyrannen. Zudem schöpfen sie aus ihrem rechtlich anerkannten Opferstatus die Berechtigung, ihren Beratern gehörig auf den Senkel zu gehen.

Was würde aus mir werden, wenn ich meinen Beruf als Anwalt nicht mehr ausüben könnte? Wieder und wieder bildete sich diese quälende Frage in meinem Kopf und haute mir eine Keule in den Magen. Um mich von ihr abzulenken, blätterte ich zum vierten Mal meinen Bildband der sämtlichen Werke von Schiele durch, ohne darin mein Gemälde zu finden. Da kamen plötzlich laute Schreie von der Straße und lenkten meine Aufmerksamkeit auf sich.

Ich stand auf, um an meinem Fenster nach dem Rechten zu sehen.

Passanten brüllten herum, während sich drei behelmte Motorradfahrer über einen Wagen hermachten, den ich augenblicklich als den der mich beschattenden Detektive ausmachte.

Diese hatten im rechten Winkel zum Gehsteig geparkt, was den behelmten Typen die Arbeit erleichterte: Während zwei die Autotüren aufhielten und die beiden Alten mit kräftigen Fußtritten daran hinderten, herauszuklettern, schüttete der dritte Benzin ins Auto. Blitzartig geriet der gesamte Innenraum in Brand, und schon schwangen sich die drei Kerle auf ihre Motorräder und verschwanden.

Voller Grauen nahm ich deutlich wahr, wie eine menschliche Fackel noch versuchte, sich herauszuwinden, und sich an die Karosserie klammerte. Aber es gelang ihr nicht mehr, sie sank langsam in den Zwischenraum, der das brennende Fahrzeug von dem daneben trennte.

An meine Gardine geklammert, war ich völlig erstarrt vor Angst.

Und dann explodierte der Wagen.

Alles, was die Île de la Cité an Bullen und Krankenwagen aufbieten konnte, fiel im nächsten Augenblick in der Avenue Victoria ein.

Feuerwehrleute holten aus dem verkohlten Blech die Leiche des Mannes heraus. Ich mutete mir dieses grauenhafte Schauspiel bis zum Schluss zu, weil ich ja genau wusste, dass das Ganze zwar nicht meine Schuld war, so doch sicherlich mit meiner exzellenten Beziehung zur Familie Choukri zu tun hatte.

Tarik hatte wieder einmal zugeschlagen, und ich wäre der Nächste, auf den er den Finger richten würde, sollte ich noch länger säumen, die Bilder wieder zurück an ihren Platz in der Box zu bringen.

Ich wusste: Unten in meinem Briefkasten befand sich das Geld für Lazare und Nicole.

Unter Schock rief ich Garance im Büro an, damit wir schleunigst die Geständnis-Rückgabe-Szene mit den Protagonisten des Falls arrangierten. Zu allem Unglück klingelte das Telefon vergebens. Im Sekretariat teilte man mir mit, dass sich Frau Richterin für den ganzen Nachmittag zu einem Lokaltermin begeben hatte und nicht zu erreichen war.

Eine dumpfe Panik, als würde ich gleich in meiner Kanzlei ertrinken, trieb mich, diese fluchtartig zu verlassen.

Meine Schritte führten mich zum Palais de Justice. Weil aber mein Fall erst um dreizehn Uhr dreißig an die Reihe kam, machte ich es mir im Erfrischungsraum bequem, der vor der Mittagessenszeit leer war. Ich bestellte nacheinander zwölf Kirschwässerchen, um meine Bestürzung zu ertränken. Beim dreizehnten ging ich zur Toilette und übergab mich, was mich auf der Stelle beruhigte, gleichzeitig aber auch noch etwas beschwipst ließ.

Da mein Mobiltelefon ohne Unterlass klingelte, hörte ich schließlich die Mailbox ab. Eine einzige Nachricht bei zehn Anrufen: Mit seiner eisigen Stimme erteilte Le Pelletier-Pouchard mir den Befehl, in seinem Büro vorbeizukommen.

Das könne er vergessen, ließ ich ihn wissen. Denn nur falls er in seiner Eigenschaft als Mitglied des Kammervorstands von mir die Klärung einer berufsethischen Grundfrage erwarte, müsse ich mich zur Kammer begeben. Wenn es so dringend sei, könne er ja seinen Arsch heben: Heute empfange ich im Erfrischungsraum.

Fünf Minuten später stand er vor mir.

»Ich bitte Sie, werter Kollege, nehmen Sie doch Platz.«

Mit verkrampftem Kiefer und Mörderblick setzte er sich gezwungen und steif hin. Eine Kellnerin wollte seine Bestellung aufnehmen, doch er schickte sie weg, ebenso anmutig, wie man eine Kotfliege davonjagt.

»Leiiiibowitz, ich mache Sie fertig …«

»Mein Name lautet *Lébowitz,* man spricht das *i* nicht aus, sonst klingts jüdisch. Falls Sie mir das zu sagen hatten, dann war es offen gestanden nicht dringlich. Im Übrigen kommt es mit bekannt vor.«

Mit demonstrativem Winken begrüßte ich eine kleine Gruppe Strafverteidiger, die geräuschvoll den Erfrischungsraum betraten. Die Visage meines Gegenübers verzog sich zu einem mühseligen Lächeln, mitten in der Wahlkampagne für die Kammerpräsidentschaft musste man sich zusammennehmen!

Sobald sie sich gesetzt hatten, rückte er an mich heran, um mir unauffällig sein Gift ins Ohr zu speien. Ich aber blieb mit verschränkten Armen entspannt zurückgelehnt auf meiner Bank und redete ohne Hemmungen drauflos.

»Sie wissen nicht, mit wem Sie es zu tun haben, Sie Schmutzkerl …«

»Doch, weiß ich: mit dem Klub der Unsichtbaren. Dem verschwiegenen Zirkel der Faschos des Großkapitalismus. Die jeden x-beliebigen Killer bezahlen können, um mir eine Kugel in den Kopf zu jagen, und die mit Versprechungen alle Entscheidungsträger einseifen können, sodass sämtliche Ermittlungen im Keim erstickt werden. Aber sehen Sie, meine große Stärke besteht ja gerade darin, dass ich ein Scheißhaufen bin. Kein Politiker, kein lästiger Zeuge, den man eliminieren muss. Nein, bloß eine Kellerassel. Man überflutet nicht ein ganzes Feld mit Insektiziden, nur um eine einzige Assel zu töten.«

Ein Kollege kam an unseren Tisch, um mich zu begrüßen.

»Hast du heute Nachmittag einen Fall?«, fragte ich ihn. Ich wollte die Mordlust des Arschlochs dämpfen, das mir gegenübersaß.

»Nein, eigentlich will ich mich verdrücken, um meine Weihnachtseinkäufe zu erledigen, aber das Viertel ist seit elf Uhr abgeriegelt. Angeblich sind direkt nebenan zwei Typen in einer Kiste hochgegangen.«

Verdammt!

»Vor der Präfektur?«, fragte ich mit geheucheltem Interesse. Ich war dank meinen Schnäpsen zu jeder Lüge fähig.

»Nein, Avenue Victoria.«

»Hör auf! Genau da hab ich meine Kanzlei. Mein Wagen ist nicht weit davon geparkt. Ich hoffe, der hat nichts abgekriegt.«

»Man hat mir erzählt, du hättst dir 'nen Mercedes CLK gekauft. Bist du zufrieden damit?«

»Die Beschleunigung ist unglaublich. Wumm … Der schwebt über den Boden … In zwei Sekunden bin ich in Fleury. Eine wahre Freude!«

Ich parlierte nun über Autos, um mein Gegenüber kräftig zappeln zu lassen und zu ermüden. Zwei weitere Kollegen gesellten sich an unseren Tisch und wollten ihre Meinung zu meiner schönen Maschine zum Besten geben. Sie schubsten dabei Le Pelletier-Pouchard, den sie nicht erkannt hatten und für einen ganz normalen Kumpel hielten, gutmütig beiseite.

Der aber konnte sein Naturell nicht mehr länger unterdrücken, stieß ein bissiges »Ich bitte Sie, mich zu entschuldigen« hervor und verließ die Runde unter allgemeiner Gleichgültigkeit.

Der Blick aber, den er mir noch zuwarf, die ungeheure Verachtung, die darin lag, ließ ein vergessenes Wort wieder auferstehen: *Untermensch.*

Die Verhandlung vom Nachmittag wurde eine Katastrophe. Ein ausschließlich weibliches Richterkollegium und ein aller Wahrscheinlichkeit nach schwuler Staatsanwalt sabotierten mir die Arbeit.

Gleichwohl war mein armer Kerl so anrührend: ein dicker harmloser und noch unberührter Junge, der einen Moment der Zärtlichkeit mit einem für ihn viel zu hübschen Mädchen beansprucht hatte.

Ich plädierte auf die Unverhältnismäßigkeit zwischen den Abwehrmaßnahmen des Mädchens – die Zunge des Typs war wirklich böse zugerichtet – und der Schwere der Belästigung. Alles in allem war es doch bloß ein dicker, ungeschickter und vielleicht ein klein wenig zu eindringlicher Schmatzer gewesen.

Ich dachte schon, die Sache wäre im Sack, doch ich hatte die Rechnung ohne die total entfesselte Anwältin gemacht, die auf mich folgte.

In ihrem Plädoyer erinnerte sie die Gerichtsbeamtinnen an die Sommerfeste ihrer Jugend. Sabberige Zungenküsse von einem Typen voller Akne. Dieser große warme und feuchte Lappen, der sich bei einem Slow von Procol Harum, Scorpions oder Nirvana, je nach Generation eben, gewaltsam einen Weg bahnt und sich tief in ihren Rachen hinunterschlängelt.

Selbst mir liefen Schauder über den Rücken.

»Da handelt es sich nicht mehr um Notwehr, sondern um einen Reflex, wenn man nicht den Erstickungstod sterben will«, hämmerte sie zum Abschluss, und das Mädchen wurde freigesprochen.

Ich aber entfloh der Strafkammer mit einem dicken Kerl an den Schößen, der in Tränen aufgelöst war und entsetzliche Laute von sich gab.

Trotzdem war ich in einem Punkt zufrieden: Ich hatte Antoinette ganz hinten im Saal entdeckt, sie hatte mich mit Blicken verschlungen. Wenigstens würde sie mich nach meiner jämmerlichen Leistung nun in Frieden lassen.

Ich flüchtete mich in die Vorverfahrensgalerie, um Garance zu sprechen, die aber leider noch immer bei ihrem Lokaltermin war. Ich hatte die feste Absicht, mir vor ihrer Tür die Beine in den Bauch zu stehen, um endlich meinen Termin zu bekommen und die Rückgabe der Bilder zu arrangieren.

»Christophe …«

»Ja …«

»Es ist fast acht Uhr. Es ist dunkel, du bist auf der Bank vor meiner Tür eingeschlafen.«

»Ich hatte einen scheußlichen Tag.«

»Komm rein!«

Nach ihr betrat ich das Geschäftszimmer. Sie schaltete die Lampe auf ihrem mit Papieren überhäuften Schreibtisch ein.

»Ich wollte dich sehen, um …«

»So setz dich doch mal erst.«

»Ich hab dir ja gesagt, dass Aziz Choukri wichtige Enthüllungen zu den Bildern will. Er ist bereit, uns sein Versteck zu nennen, und …«

»Ist das süß.«

»Was sagst du?«

»Ja, unter einem fadenscheinigen Vorwand vor meinem Büro auf mich zu warten, das find ich total süß.«

Sie war dermaßen neben der Spur, dass mir nichts anderes mehr einfiel, als sie einfach nur anzustarren.

Garance, ich werde dich bei lebendigem Leib rösten, wenn

du deine Ermittlung fortsetzt, dachte ich, ein idiotisches Lächeln auf den Lippen.

»Tja …«

»Was?«

»Ist tatsächlich ein bisschen an den Haaren herbeigezogen, als Vorwand, aber weißt du, mir ist eben nichts Besseres eingefallen, um dich zu sehen. Also, die Durchsuchung, wann machen wir die jetzt?«

Ihr Blick umflorte sich. Sie nahm ihren Terminkalender zur Hand, um mir ein festes Datum zu nennen. »Da sind die Feiertage. Im Januar …«

Ihre Brüste schwollen zusehends an, der Justizpalast lag still, das Licht war sanft … Und ich hatte einen Knüppel wie ein Tier.

Mitten zwischen all den Akten, den Gesetzbüchern und den Rechtshilfeersuchen habe ich mich auf sie gestürzt wie eine ausgehungerte Bestie.

Ich packte ihre starken Brüste, die waren wie jene von Themis, der Göttin des Rechts, deren Konturen ich nach all den Jahren bestens kannte, sah ich sie doch täglich an allen Ecken und Enden der Sitzungssäle unter einer stets zu engen Toga knospen.

Wie tollwütig nahm ich Garance von hinten.

Sie lag bäuchlings auf ihrem Schreibtisch, brachte bei jedem heftigen Stoß irgendwelche Verfahrensschriftsätze zu Fall, die auf dem Boden durcheinandergerieten: Haftbefehle mit Autopsien, Auslieferungsbeschlüsse mit Vernehmungen …

Als alles vorbei war, lösten wir uns voneinander, peinlich berührt.

»Ich organisiere die Sache für den ersten Montag nach

Neujahr«, sagte sie schließlich und reichte mir die Aktenkopie, um die ich ersucht hatte.

Ich wollte mich entschuldigen, weil aber die Worte nicht herauskamen, verabschiedete ich mich von Garance mit einem einfachen »Danke«.

Da mein Kopf völlig leer war und ich keinerlei Lust verspürte, in mein von den Gerichtsvollziehern verwüstetes Appartement zu gehen, streifte ich durch die Straßen des Viertels, kämpfte mich gegen den Strom eiliger Leute vorwärts, welche, die Arme mit Geschenken beladen, Kälte und Schneematsch trotzten.

Meine Schritte führten mich zum Musée Beaubourg, das in der Weihnachtszeit erst um zweiundzwanzig Uhr schloss. Ich entschied mich zu einem kurzen Abstecher, um weitere Publikationen über Schieles Werk einzusehen, das einzige mir noch am Herzen liegende Thema.

War mein Bild nämlich eine Fälschung, dachte ich, dann hatte ich mich wieder einmal in eine so absurde Lage hineinmanövriert, dass ich wahrhaftig verdiente, was mir derzeit widerfuhr. Andererseits, welches Interesse könnte ein Fälscher dieses Talents überhaupt daran finden, ein gänzlich unbekanntes Gemälde anzufertigen, wo das Gesamtwerk des Malers doch bereits zu seinen Lebzeiten erschöpfend erfasst worden war.

Meine Recherchen brachten mir keine neuen Erkenntnisse. Allerdings entdeckte ich in einem Ausstellungskatalog zu Max Ernst, den ich zufällig durchblätterte, ein Gemälde mit dem Titel *Fleurs de coquillages,* das demjenigen zum Verwechseln ähnlich sah, welches auf Nicoles Kanapee thronte.

Hierbei handelte es sich um die Darstellung einer Reihe blauer, gelber und brauner Blüten auf rot-schwarzem Grund.

Das Motiv des gestohlenen Bilds war beinahe identisch, nur waren die Blumen dort größer, nicht so zahlreich und in deutlich anderen Farben gehalten.

Diese Malerei gehörte zur ständigen Sammlung des Museums. Leider war es schon zu spät, dass ich es mir noch ansehen konnte.

Auf den Geschmack gekommen, suchte ich in anderen Werkkatalogen nach Reproduktionen der von Choukri entwendeten Bilder; vergebens.

Seltsam, dass in allen von mir eingesehenen Monografien jedweder Hinweis zu diesen Werken fehlte. Als hätte deren Eigentümer es stets abgelehnt, bei der Erstellung solcher Publikationen mitzuarbeiten, oder, schlimmer noch, als hätten diese Kunstwerke gar nie existiert.

Ziemlich perplex kehrte ich in meine Kanzlei zurück.

Auf dem Weg kaufte ich mir eine Flasche Rum mit einer kleinen Weihnachtsmannmütze obenauf und holte endlich mein Gemälde aus dem Wagen.

Obgleich nur mehr eine vage Spur von dem Brand in der Avenue Victoria zurückblieb, konnte ich das grauenhafte Schauspiel, dessen Zeuge ich geworden war, einfach nicht vergessen, diese flammende, schmerzliche, von Tarik Choukri orchestrierte Aufführung, die vielleicht meine eigene Zukunft war.

Behutsam deponierte ich mein Gemälde oben auf dem Regal, meinem Sessel unmittelbar gegenüber, sodass ich mich direkt aus der Flasche vollsaufen und es gleichzeitig ganz bequem bewundern konnte.

Schiele wurde im Alter von zweiundzwanzig Jahren, am Vorabend des Untergangs der *Titanic,* verhaftet, und niemand schenkte dem Beachtung. Unter dem Verdacht, er habe eine

Minderjährige entführt und verführt, verbrachte er einen Monat in Untersuchungshaft, davon die halbe Zeit nackt in einem lichtlosen Verlies und ohne überhaupt zu wissen, was man ihm eigentlich genau vorwarf.

Am Ende seines Prozesses soll ein Aquarell verbrannt worden sein, auf das er ganz besonders stolz gewesen war. Man wollte ihm damit bedeuten, was er zeichnete und malte sei »unsittlich«, und dann ließ man ihn laufen.

13

Einen Tag vor Neujahr trat die Untersuchung zum Fall der beiden gegenüber meiner Kanzlei verkohlten Alten noch immer auf der Stelle. *Le Parisien* hatte die Tragödie auf der Frontseite gehabt und sprach von Abrechnungen im finsteren Milieu der Staatsschutzdienste.

Also wirklich, selbst im Tode waren diese armen Typen noch dubios.

Alte Dossiers, die in den Jahren Giscard d'Estaings, dem Goldenen Zeitalter der Schlapphüte, für fette Schlagzeilen gesorgt hatten, tauchten unversehens wieder auf. Man mutmaßte viel, wusste aber nichts, und als die Feiertage vorüber waren, war auch dieser Vorfall zu einer vermischten Nachricht aus dem Vorjahr geworden.

Ich machte eine Stippvisite in der Santé, um Aziz anzukündigen, dass die Durchsuchung seiner Box am Montag nach Sylvester stattfinden solle, dass Crespin de Fontanille und sein charmanter Anwalt natürlich dabei sein würden und dass mein Freund für diesen Anlass den Hi-Fi-Kram rausgeräumt und statt dessen die Bilder wieder eingebunkert habe.

Kurzum: Maßarbeit.

Ich hielt es nicht für sinnvoll, große Worte über die Verkohlung der beiden Pensionäre des Staatsschutzes zu verlieren. Mit Aziz über den Preis des menschlichen Lebens zu räsonieren war eine von vornherein verlorene Schlacht. Vor allem im Hinblick auf die Unbill, unter der seine Schwester zu leiden hätte, sollte die Affäre tatsächlich ins Kraut schießen.

Anlässlich der kleinen Soiree, die Nicole zum Neujahrsbeginn gab, händigte ich Lazare und unserer Gastgeberin auch den Umschlag mit der Entschädigung aus, die ich für sie beim kleinen Choukri ausgehandelt hatte. Im Schlafzimmer zeigte mir der Alte danach die Bilder, sorgsam verpackt und bereit, wieder zurück an ihren Platz gebracht zu werden.

Meine Freundin hatte eine gewagte Mischung aus Ganoven, ehemaligen Flics von der Brigade zur Bekämpfung der Bandenkriminalität und Anwälten eingeladen. Ein Tuttifrutti-Fest.

Keine in Lumpen gewandete Bohème, nicht ein einziger besoffener Sack, ja nicht einmal ein Junggeselle unter Anxiolytika. Nichts als redegewandte und wohlerzogene Tafelgäste von ausgesuchter Eleganz.

Nicole hatte an jenem Abend für den Look »Tannenbaum à la Chanel« optiert und wirbelte munter von einer Gruppe zur anderen, wobei sie geschickte Beziehungsgeflechte wob.

In lebhaftem Gespräch mit Lazare erkannte ich meinen Kollegen Daniel Filipon, der kürzlich, nach einem tiefen Fall, in die Position des Justitiars einer tüchtig absahnenden Partei hinaufgepurzelt war. Zwanzig Jahre zuvor hatte er sich Hals über Kopf in eine Mandantin, eine notorische Puffmutter für die besten Kreise, verliebt. Darauf war er wegen Zuhälterei strafrechtlich verfolgt und dann vom Kammervorstand aus dem Anwaltsregister gelöscht worden. Eine Legende innerhalb der Pariser Anwaltschaft. Die beiden Männer gehörten, bei einem Altersunterschied von ungefähr fünf Jahren, zur selben Generation und schienen allerlei Neuigkeiten über alte, aus den Augen verlorene gemeinsame Freunde auszutauschen.

Eine üppige joviale Dame mit reich beringter Hand grüßte mich: »Florence Kleper, Anwältin für Immobilien der Spitzenklasse.« Eine Doppelgängerin der Bianca Castafiore. Eine sympathische Frau. In Geschmacksfragen war sie ein Klon ihrer offensichtlich einzigen Kundin: Nicole.

Unsere Gastgeberin verschaffte mir die Ehre und stellte mich einem ihrer Neffen vor, der seit Kurzem einer *One-Dollar-Compagnie* vorstand. So wie meine Freundin Nicole das Wort mit ihrem Pied-noir-Akzent aussprach, so klang auch ihre Definition: ein geniales, durchaus legales Konzept mit minimaler Investition und Megagewinn.

Der Neffe hatte sich die Adressen der zweihundert größten Unternehmen Frankreichs beschafft. Jedem von ihnen hatte er eine Rechnung über siebenhundert Euro für vier Tonerkartuschen geschickt, welche natürlich nie geliefert worden waren, das Ganze auf den Namen einer fiktiven Bürobedarffirma, JCT Fournitures, ein unauffälliger Allerweltsname. Vier Tonerkartuschen, wen macht so was in einem Großunternehmen misstrauisch? Die Rechnungen wurden prompt, ohne weitere Nachforschungen, bezahlt.

Einhundertvierzigtausend Euro Reingewinn. Da große Unternehmen viel Toner verbrauchen, gedachte er die Aktion alle drei Monate zu wiederholen. Das reichte durchaus, um Tantchen mit Chanel-Firlefanz zu beglücken.

Vier, drei, zwei, eins … Frohes neues Jahr! Und schon küssten sich alle ab, Flics, Ganoven, Anwälte. Lazare schloss uns in seine Arme, mich und Nicole … lange. Total happy alle, wie man heutzutage sagt.

Und ich dachte bei mir: Ein Jahr, das mit so viel Liebe und Brüderlichkeit beginnt, kann nur gut werden. Was für ein Blödmann ich doch war!

Am darauffolgenden Sonntag wurde ich von Garance zum Dreikönigskuchen eingeladen.

In allen Ehren, und nicht, um die Königin flachzulegen, dachte ich.

»In allen Ehren, sei ganz unbesorgt«, fügte sie prustend hinzu.

Ausgerechnet ich, der wie alle Misogynen Frauen nur respektierte, wenn sie Mütter waren, fand nichts auszusetzen an Garance. Abgesehen von der Tatsache, dass sie Richterin war. Ihre Töchter und ihr Beruf erfüllten sie vollauf, und sie erwartete nichts von einem Mann außer vielleicht ein wenig Gesellschaft. Überdies handelte es sich um eine alte Eroberung, weshalb ich mich nicht im Geringsten anstrengen musste, um meinen abscheulichen Charakter zu verschleiern. Leider nahm ich mir sehr viele Freiheiten gegenüber dem Gesetz heraus, drum wäre eine Beziehung zwischen uns beiden nicht vernünftig, sogar unklug gewesen.

Schade eigentlich.

Ich traf also zur Teezeit mit einem kleinen Geschenk für jede ihrer Töchter bei ihr ein. Der Dreikönigskuchen, den Garance selbst gebacken hatte, war im Ofen warmgestellt.

Josephine, die Größte, bereitete was weiß ich für eine Qualifikationsprüfung vor und ließ sich nur kurz blicken, um mich zu begrüßen.

Antoinette saß auf dem Sofa und fixierte mich hungrigen Blicks, während ich mit ihrer Mutter über meine einzige momentane Sorge debattierte: die für tags darauf angesetzte Durchsuchung von Aziz Choukris Box.

Eulalie, die Jüngste, der ich nicht ohne eine gewisse Humorigkeit *Die unglaubliche Geschichte des Mister C.* auf DVD geschenkt hatte, klebte mit offenem Mund am Fernseher.

Als dann die Szene kam, wo der arme Scott Carey, nur mehr einen Zentimeter groß, von der Spinne im Keller angegriffen wird, suchte die Kleine verängstigt Zuflucht in den Armen ihrer Mutter.

»Antoinette, mein Mäuschen, schalt doch mal den Ofen aus und stell den Kuchen auf den Tisch«, meinte Garance, während sie mir einen finsteren Blick dafür zuwarf, dass ich ihrer Tochter einen solchen Film gekauft hatte.

Die Mittlere kam der Aufforderung nach und bat mich, ihr zur Hand zu gehen. Um mich den Zornesblitzen meiner Gastgeberin zu entziehen, folgte ich ihr.

Und genau in dem Augenblick, in dem ich am verwundbarsten war, nämlich mit der glühend heißen Platte in den Händen, knöpfte Antoinette mir erstaunlich fingerfertig den Hosenschlitz auf, griff hinein und umfasste mein Geschlecht.

Ich ließ die Platte fallen, sie knallte mit großem Getöse auf den Boden und Garance platzte herein.

Ich habe keine sonderlich ausgeprägte Erinnerung daran, was anschließend geschah. Ohne den geringsten Erklärungsversuch trat ich den Rückzug an, derweil Garance sich nach Leibeskräften auf ihre Tochter stürzte. Die kleine Eulalie heulte, weil die Spinne sich in einem erbitterten Zweikampf mit dem winzigen Mann befand, wogegen Josephine auf die gesamte Hausgemeinschaft schimpfte, um Ruhe zu bekommen. Ich wiederum, bei meinem panischen Fluchtversuch, schaute verzweifelt nach meinem Mantel, fand ihn aber nicht.

Während noch der Lärm von Geschrei und Ohrfeigen durch das Treppenhaus schallte, rannte ich hinaus, hemdsärmelig dem Winter trotzend.

Am nächsten Tag wurde Aziz Choukri aus der Santé geholt und per Kastenwagen zum Place des Fêtes geschafft. So unerträglich die Aussicht, Garance wieder gegenüberzustehen, auch sein mochte, ich verspürte ehrliche Erleichterung darüber, mit diesem grauenhaften Fall zum Ende zu kommen.

Sie tanzte, flankiert von zwei Kripobeamten und ihrer Gerichtsschreiberin, mit eineinhalb Stunden Verspätung an, während wir uns vor der Einfahrt zur Tiefgarage die Beine in den Bauch standen. Es herrschte eine Lausekälte.

Weil ich der Anwalt des Untersuchungshäftlings war, gestand man mir das Recht auf die Wärme des Kastenwagens zu, und mit inniger Freude beobachtete ich Le Pelletier-Pouchard und Crespin de Fontanille, wie sie im Herzen der Banlieue ihre Treter von Weston auf den Asphalt stampften, um sich die Füße zu wärmen.

Dieser Kotzbrocken von Pétainist mit dem grauem, vor Egoismus strotzenden Gesicht, das also ist der Vater des spielsüchtigen Eunuchen, frohlockte ich und stellte mir den guten Henri vor, wie er das gesamte Vermögen dieses Doppelgängers von Klaus Barbie verpulverte.

Das hochverehrte Mitglied des Kammervorstands spielte an diesem Tag die Rolle des Vasallen und katzbuckelte gehörig, wenn er mit seinem Klienten und langjährigen Freund sprach. Als wolle er sich dafür entschuldigen, dass er seinen Herrn an einen derart unerträglichen Ort hatte kommen lassen, versicherte er ihn meiner baldigen Ausmerzung. Die beiden bliesen sich zum Aufwärmen in die Hände und schauten dabei mit Verschwörermienen in meine Richtung.

Ich hatte mich wohl am Vortag erkältet, denn ich fühlte mich fiebrig, und mein Hals tat hundsmäßig weh. Das Warten kam mir so lange vor wie eine Ewigkeit, und die Dürftigkeit von Choukris Konversationskünsten ließen mich ernsthaft überlegen, mich trotz des Fiebers wieder dem eisigen Wind auszusetzen.

Gott sei Dank, endlich tauchte Garance auf.

Als ich dem Wagen entstieg, reichte sie mir wortlos meinen Mantel und ging an der Seite des Häftlings und ihrer Eskorte ins Innere der Tiefgarage.

Wir stellten uns um die Box. Einer der Polizisten öffnete sie mit den famosen Schlüsseln aus Aziz' »Habe« …

Leer!

Glatte Wände. Ein makelloser Boden … Nicht mal ein ganz kleines, in einer Ecke vergessenes DVD-Abspielgerät.

Nichts!

Lazare hatte nichts zurückgelassen.

Choukris von Handschellen gezierte Fäuste knallten mir in die Fresse und schleuderten mich zu Boden. Ich bin wohl einen kurzen Moment ohnmächtig geworden, meine Wange lag auf der eisigen Fahrbahn wie auf dem Tisch eines Leichenschauhauses, und aus großer Ferne gelangte das sich nun entwickelnde Wortgefecht zu mir.

»Man hält uns zum Narren!«, brüllte Le Pelletier-Pouchard.

»Das ist das Ende Ihrer Karriere, Frau Richterin«, blökte der Fascho mit dem langen Arm.

»Ja, wo sind diese Bilder denn nun?«, schrie Garance.

»Der Rechtsverdreher wars, der hat sie geklaut. He, dreckiger Bastard, was hast du mit meinen Bildern gemacht?«

»Dieses Ermittlungsverfahren wurde von Anfang an wider jede Vernunft geführt«, unterstrich Le Pelletier-Pouchard.

»Ich finde ganz im Gegenteil, Maître, dass es mit großen Schritten vorankommt. Monsieur hat uns soeben implizit enthüllt, den Diebstahl tatsächlich begangen zu haben.

Schon morgen wird die gesamte Familie Choukri in mein Büro einbestellt, und dann sehen wir klarer.«

»Du bist tot, Leibowitz. Du bist tot!«, stieß Aziz aus, während er am Ende der Leine, an der seine Handschellen befestigt waren, wie ein Berserker herumtobte.

»Schaffen Sie ihn wieder weg, sofort!«, befahl Garance ihrer Eskorte.

»Dieser Junge sagt vielleicht die Wahrheit«, warf Crespin de Fontanille ein.

»Maître Leibowitz war doch gerade erst im Gefängnis, vor kaum sechs Monaten«, fügte mein Amtsbruder hinzu.

»Und ich habe mir sagen lassen, ein Verfahren wegen Steuerhinterziehung sei gegen ihn in Gange«, setzte sein Klient obendrauf.

»Ich kann nicht erkennen, welches Interesse er daran haben könnte, uns unsere Zeit zu stehlen«, erwiderte Garance, die mich inzwischen mit der Spitze ihres Pumps anstieß, wie man einen alten Hund aufweckt.

»Kollege, das reicht, stehen Sie auf. Wir sehen doch, dass Sie unversehrt sind.«

Aus großen Chamäleonsaugen schaute ich zu ihr auf und mühte mich weiterhin, mit dem Boden zu verschmelzen.

»Das geht zu weit, er hält uns alle zum Narren, und Sie, *Madame la Juge,* Sie bleiben untätig«, fauchte Crespin de Fontanille.

»Schluss mit dem kindischen Getue, stehen Sie auf, Maître Leibowitz«, sagte Garance gebieterisch.

Da ich mich einfach nicht rühren wollte, gingen sie schließlich alle davon. Nur Garance blieb. Als wir schließlich allein waren, beschimpfte sie mich mit allem, was ihr gepflegtes Vokabular hergab. Bis auch sie angesichts meiner vollkommenen Reglosigkeit kapitulierte.

Inzwischen hatte sich eine Gruppe von Maliern, aus einem besetzten Haus in der Rue Compan kommend, still um uns geschart.

Ein alter Mann in langem Boubou und Anorak trat zu mir. Er nahm mich behutsam beim Arm, richtete mich langsam auf und schubste mich dann sanft vorwärts, damit ich mich wieder in Bewegung setzte.

Get up, stand up, stand up for your right
Get up, stand up, don't give up the fight.

Wie ein Automat bestieg ich meinen Wagen und fuhr zur Kanzlei zurück. Dort schnappte ich mir mein Gemälde und die Akte Choukri und tauchte im erstbesten Hotel unter. Die Runde im Pac-Man-Spiel erreichte mittlerweile einen olympischen Level.

Eine ganze Woche blieb ich mit vierzig Grad Fieber unter Decken vergraben, in einem Zustand absoluten Elends.

Von Zeit zu Zeit setzte ich mich auf die Bettkante, den Kopf in den Händen, und fragte mich, wie ich mich nur dermaßen aufs Kreuz hatte legen lassen können. Da mochte ich noch so lange sämtliche Interpretationen wälzen: von der Suche nach dem Vater bis hin zum Stockholm-Syndrom, von der sadomasochistischen Perversion bis hin zur Sünde der Hoffart. Nichts. Nichts konnte so viel Debilität erklären.

Dieser Saftsack von Lazare hatte sich mit den Bildern nicht zufriedengegeben, er hatte den Zynismus auch noch so weit getrieben, die Box vollständig auszuräumen.

Obwohl mein Leben davon abhing, hatte ich einem tausendmal verurteilten Ganoven, einem Schweinehund von Rassisten, einem Antisemiten, der mir gegenüber laut und deutlich genug das Loblied seiner Kanaille von Vater gesungen hatte, Kunstwerke für etliche Millionen Euro überlassen.

Wie hatte ich nur so dämlich sein können?

Fest schließe ich dich in meine Arme, wie ein Sohn bist du für mich … Oh! Er hätte mir wohl erst einen Dolch in die Flanke, die ich ihm seit Wochen verzweifelt hinhielt, bohren müssen, damit ich endlich eingestanden hätte, es mit einem Mistkerl zu tun zu haben.

Welch eine Schande! Ich war einem Rattenfänger gefolgt, der mich mit seinen schönen Geschichten eingelullt und dann ersäuft hatte. Ich war nicht intelligenter als eine Scheißratte, ich, Leibowitz, der große Verächter der Meute, der selbst ernannte Gerechte einer ganz neuen Art. Nein, wie jämmerlich!

Mein Hotelzimmer hatte ich für drei Wochen im Voraus bezahlt und so die letzte mir noch verbleibende Barschaft verbraucht. Da der Fiskus mein Bankkonto gesperrt hatte, boten sich mir zwei Möglichkeiten: Entweder ich verließ Frankreich, oder aber ich spürte, zwischen den Napalmtropfen lavierend, die Bilder ruck, zuck wieder auf.

Das Exil ist kein Zuckerschlecken, wenn man wie ich völlig unfähig ist, irgendeine Fremdsprache zu erlernen, und nichts anderes kann, als Anwalt zu sein. Einen Abgang Richtung Schweiz oder Belgien kam nicht in Frage: zu große Nähe zur Familie Choukri. Kanada: die absolute Langeweile. Und von Afrika, seinen Krankheiten, Bürgerkriegen und Insekten wollte ich erst recht nichts wissen.

Der zweite, wenngleich vollkommen unrealistische Weg erschien mir der einzig erträgliche: Ich musste diesen blöden Scheißer von Lazare zu fassen bekommen.

Mit einer gewissen Bangigkeit schaltete ich mein Mobiltelefon ein. SMS-Nachrichten jedweder Art …

Von Rachedurst erfüllte Haikus im Vorstadtslang.

Fotos grauenvoll verstümmelter Leichen.

Mehrere Selbstporträts von Tarik Choukri mit mörderischen Grimassen.

Ist doch wirklich schön, was die Technik heutzutage so alles zuwege bringt, habe ich mir gesagt.

Ich rief Nicole an. Natürlich hatte sie sich zu Hause in abgrundtiefer Verzweiflung verkrochen. Keinerlei Nachricht von Lazare. Aber sie richtete mich immerhin wieder auf, indem sie mir als Frau vom Fach ein paar Offensichtlichkeiten aufzeigte.

»Die Bilder sind zu teuer, er kann sie nicht so einfach abstoßen. Er kann sie bloß großen Sammlern verkaufen, aber die kennt er nicht. Er muss sich also bei Hehlern schlaumachen, und ich schwör dir, da gibts keine tausend, die in Picassos oder Chagalls machen. Und diese besonderen Hehler, die kenn ich alle. So Gott will, werden wir sehr bald von ihm hören. Aber eins versteh ich nicht. Warum hat er das überhaupt getan? Er hat doch nur noch ein paar Monate zu leben. Wir hattens doch gut. Er hätte seine letzten Tage wie die Made im Speck verbringen können.«

»Das ist ganz klassisch die Fabel vom Skorpion und der Schildkröte. Der Skorpion bittet die Schildkröte, auf ihren Rücken klettern zu dürfen, damit sie ihm ans andere Ufer hilft. Die Schildkröte willigt ein. Mitten im Fluss sticht der Skorpion die Schildkröte. Als sie dann spürt, wie das Gift sie allmählich lähmt, fragt sie ihn, warum er das getan hat, wo sie doch jetzt beide sterben werden. Da antwortet der Skorpion …«

»… ›Stechen liegt nun mal in meiner Natur.‹ Spar dir

deinen Strafverteidigermist für deine Plädoyers auf. Selbst der schlimmste Mistkerl macht nie irgendwas, ohne davon einen Vorteil zu haben. Wenn er die Kohle von dem Hi-Fi-Material erst mal verfressen hat, dann wird man ihn wegen der Bilder aus seinem Loch kriechen sehen.«

»Damit sollte er aber nicht zu lange warten, ich hab nämlich ein bisschen Feuer unterm Arsch.«

»Apropos Feuer, der Eigentümer deiner Kanzlei sucht nach dir. Irgendjemand hat die Tür aufgebrochen, und im Hauptraum hats 'nen kleineren Brand gegeben.«

Oh weh, meine schöne Bibliothek! Ich hatte sie doch gerade erst aus dem Nachlass eines Kollegen erworben, in besseren Zeiten …

Untrüglich ein Zeichen.

Nach zehn Tagen kam ich bei Einbruch der Nacht aus meinem Loch. Ich überquerte die Straße, um mich, genau gegenüber, ins Musée d'Art Moderne de Beaubourg zu begeben und etwas mehr über diese *Fleurs de coquillages* in Erfahrung zu bringen, den Zwilling des Gemäldes, das zusammen mit Lazare verschwunden war. Weil nun mal kein anderes Bild in irgendeinem Katalog erfasst schien, blieben die *Muschelblüten* der einzige Anhaltspunkt. Nur sie konnten jene Gemälde mit irgendeiner handfesten Wirklichkeit verknüpfen.

Max Ernsts Werk fand ich mühelos. Auf einem kleinen Schild darunter stand der Titel, gefolgt von den Buchstaben »MNR«.

Ich rief die Kunststudentin hinzu, die in einer Ecke des Saals saß und als Museumswärterin fungierte. »Mademoiselle, was bedeutet diese Abkürzung unter dem Bild?«

»Musées Nationaux Récupération.«

Als sie sah, dass ich nichts kapierte, stand die junge Frau von ihrem Stuhl auf und kam näher. »Es handelt sich um Kunstwerke, die Juden während des Kriegs geraubt wurden oder deren Besitzer nie ermittelt werden konnten. Man hat sie den Museen treuhänderisch zur Aufbewahrung und Erhaltung anvertraut, bis sich die rechtmäßigen Eigentümer irgendwann melden und die Restitution erfolgen kann. Aus diesem Grund können sie auch nicht in die ordentlichen Bestandslisten integriert werden und sind gesondert unter der Bezeichnung »MNR« geführt. Das Museum hat eine Internetseite zu diesem Thema eingerichtet. Dort finden Sie für jedes Werk die dürftigen Informationen, die wir besitzen.«

Es hatte mir die Sprache verschlagen.

14

Um das Internet zurate zu ziehen, begab ich mich zur Web-Sushi-Bar, einem gesichtslosen Ort, in dem ich häufig zu Mittag aß, wenn ich niemandem was zu sagen hatte.

Ich setzte mich stets an denselben Platz in einer Ecke, ein wenig abseits. Dort weidete ich mich dann auf einem eigenen Bildschirm an megagrenzwertigen Pornobildern, die zu Hause herunterzuladen mir der gesunde Menschenverstand verbot, wobei ich mich gleichzeitig mit köstlichen Makis vollstopfte, welche in Griffweite auf einem kleinen Rollband an mir vorbeizogen.

Bisher war ich noch nie abends dort gewesen, und das Lokal war nun angefüllt mit leitenden Angestellten auf Partnersuche.

Man setzte mich an ein Terminal mit einem kleinen Schild darüber, eingezwängt zwischen zwei keimfreien, in Eau de Javel gebadeten Damen im Kostüm.

»Für den Chat sind Sie die Nummer 23«, erklärte mir die Kellnerin. Mit einem bösen Blick gab ich ihr zu verstehen gab, dass mich das einen Dreck interessierte.

Nach wenigen Klicks war ich auf der Seite der *Musées Nationaux Récupération* mit den Werken, die auf Restitution warteten.

Eine California-Rolle mit Thun mümmelnd, katapultierte ich mich sechzig Jahre zurück in die Vergangenheit.

Hitler plante, seine Heimatstadt Linz zum kulturellen Mittelpunkt Europas zu machen. Die dort ausgestellten Werke sollten alle Sammlungen der restlichen Welt in den Schatten stellen. Parallel zu zahlreichen Erwerbungen beauftragte er eine Sondereinheit, den »Einsatzstab Reichsleiter Rosenberg«, der offiziell für die Beschlagnahme jüdischer Güter zuständig war, ihm seine Sammlungen zu bestücken.

Mehr als hunderttausend Kunstobjekte wechselten so den Besitzer, nachdem sie Sammlern oder einfachen Privatpersonen weggenommen worden waren.

Manche davon wurden auf dem blühenden Kunstmarkt von Paris verkauft – kein anderer Ort stand von 1940 bis 1944 höher in der Gunst von Kunstkennern. Andere wiederum wurden zunächst im Musée du Jeu de Paume ausgestellt und danach per Zug nach Deutschland geschafft.

Die Werke der sogenannten »entarteten Kunst« – jene, die der Naziästhetik nicht entsprachen – wurden nicht abtransportiert und zunächst in einem gesonderten Raum gelagert, den man »Saal der Märtyrer« nannte.

Hermann Göring, auch er ein großer Kunstliebhaber, fiel dort mehrfach zu Überraschungsbesuchen ein, um gewisse Bilder für seine eigene Sammlung oder als Tauschobjekte zu entnehmen. Zu dem Zweck arrangierte man für ihn ganz besondere Hängungen, bei denen mehrere Meter hoch Hunderte von Bildern unterschiedlichster Maler nebeneinander gezeigt wurden. Bei diesen Anlässen wurden Fotos gemacht, was später ermöglichte, den Weg dieser Kunstwerke zu rekonstruieren.

Von den etwa hunderttausend verschwundenen Objekten konnte man rund einundsechzigtausend finden und nach Frankreich zurückführen. Ein Großteil hiervon fand wieder den Weg zu ihren ehemaligen Besitzern.

Tausend »Hauptwerke« wurden einstweilen den nationalen Museen anvertraut, bis sie zurückgefordert würden. Sie bildteten den Bestand mit dem famosen Sigel MNR.

Der Rest, also die fast neununddreißigtausend übrigen Kunstwerke, hatte sich zunächst in nichts aufgelöst, tauchte dann aber im Laufe der Jahre auf dem Kunstmarkt wieder auf, und das auf unterschiedlichste Art und Weise. So wurden etwa nach dem Zusammenbruch des Sowjetregimes zahlreiche, von der Roten Armee bei Kriegsende in Deutschland konfiszierte Werke von Russen auf den regulären Kunstmarkt gebracht. Und auch in den Kellern ostdeutscher Museen und Behörden entdeckte man vieles.

Ein Fall weckte im besonderen Maße mein Interesse. Irgendwann in den Siebzigern bot Lavalles Tochter in Versailles einige Braque-Bilder zum Verkauf an. Durch Zufall fiel der Katalog einem New Yorker Galeristen in die Hände, der dank der im »Saal der Märtyrer« von den Besatzern aufgenommenen Fotos beweisen konnte, dass man sie bei seinem Vater beschlagnahmt und geraubt hatte. Die Bilder wurden unverzüglich zurückgegeben.

Nach mehr als sechzig Jahren ständiger Ausflüchte und Verzögerungen hatten sich die Museen schließlich dazu durchgerungen, ihre »zu restituierenden Werke« für die Öffentlichkeit zugänglich zu machen. So hatte etwa das Beaubourg seinen Schatz von neununddreißig Werken zeitgenössischer Kunst ins Netz gestellt und damit ein neuartiges virtuelles Museum eröffnet.

Als ich mich gerade anschickte, auf den Hypertextlink zu klicken, der mich zur Bildergalerie der MNR führen sollte, bemerkte ich plötzlich, dass am oberen Bildschirmrand Nachrichten blinkten.

Platz 42: »*Alone,* schöner einsamer Jäger?«

Ich richtete mich ein wenig von meinem Hocker auf. Platz 42: eine kleine Brünette mit dicken Brüsten.

Platz 13: »Élodie ist allein heute Abend.«

Platz 13, vorne rechts: eine große Blondine, auf die vierzig zugehend, hatte es ein klein bisschen mit der Schilddrüse. Schon eher mein Typ. Schade, Élodie! Unter anderen Umständen hätte ich dir wohl Gesellschaft geleistet, hier und jetzt, aber versteh bitte, wo ein mächtig Bescheuerter davon träumt, mich mit Benzin zu übergießen, bin ich anderweitig in Anspruch genommen.

Platz 24: »Bergamote will Cunnilingus.«

Platz 24: … die wie aus dem Ei gepellte Göre zu meiner Rechten …

Bergamote hatte die Augen fest auf ihren Bildschirm geheftet, völlig versunken in ihrem Eifer, vom gesamten Restaurant vehement ihre Verwöhneinheiten anzumahnen.

Und ich beklagte mich über den Mangel an Schamgefühl bei den Frauen meiner Generation …

Fassungslos kehrte ich zu meinen Recherchen zurück.

Als ich auf das Icon der *Fleurs de coquillages* klickte, erfuhr ich, dass dieses Gemälde wie auch sechs weitere, ebenfalls *Fleurs* betitelte Werke, jeweils mit farblich unterschiedlichem Hintergrund und abweichendem Format, von Max Ernst selbst am 25. Januar 1929 an den Kunsthändler Rosenberg verkauft worden waren. Im September 1941 gelang es den Deutschen, die vollständige, in der Gironde versteckte Sammlung Rosenberg an sich zu reißen. Dank der Unterstützung französischer Kollaborateure, die sie aufgestöbert hatten.

Diese sechs anderen Gemälde Max Ernsts waren nie wieder aufgetaucht. Waren sie auf dem französischen Markt verkauft oder getauscht worden? Oder hatten Kollaborateure sie behalten? Waren sie nach Deutschland gegangen?

Ich wusste lediglich, dass Crespin de Fontanille eines davon besessen hatte, bis ein zwielichter Araber aus Evry in seine Wohnung eindrang und es klaute.

So war das also!

Deswegen hatte ich kein einziges Bild dieses Mistkerls in einem Katalog gefunden.

Und der Schiele, den zurückzufordern er nicht einmal wagte? Was war dessen schmutziges Geheimnis?

Diese Zusammenhänge brauchte man nur in die Welt zu setzen – und diese nach Pech und Schwefel stinkenden Kunstwerke waren absolut unverkäuflich. Schwarzhandel mit Raubgut hinterließ Flecken auf der Weste, selbst bei Hehlern.

Wie ein zartes Blümchen zwischen zwei grauen Pflastersteinen am ersten Morgen nach einem Krieg lebte meine Hoffnung wieder auf.

Mit frischem Mut warf ich einen Blick auf den wenige Zentimeter von meinem stehenden Bildschirm meiner Nachbarin Bergamote. Wie stand es wohl um ihr Gesuch in Sachen Cunnilingus?

Eine ganze Reihe von Leuten hatten ihr geantwortet. Männer, Frauen; alle machten sich unsittliche Anträge, ohne ihren Blick vom Bildschirm abzuwenden.

Virtuelles Bumsen.

»Vive de Gaulle!«, etwas anderes fiel mir als Einleitung nicht ein.

Zum ersten Mal an diesem Abend hob Bergamote den Blick von ihrem Monitor und starrte mich verblüfft an.

»Am 18. Juli nehme ich Sie mit nach Colombey-les-Deux-Églises, wenn Sie wollen, um sein Andenken zu begehen. Das ist supercool geworden.«

»De Gaulle ist cool?«

»So sagt man.«

»Wer ›man‹?«

»Ich!«

Sie musste lachen und reichte mir ihre Telefonnummer rüber.

Ich ging in mein Hotel zurück und blätterte Choukris Akte durch. Die Erfahrungen mit Lazare hatte mich wenigstens eins gelehrt: In einer Familie von Dreckskerlen muss man stets nach dem Vater fragen. Nimmt man den genauer unter die Lupe, erlebt man bisweilen stupende Überraschungen.

In Crespin de Fontanilles Antrag der Nebenklage standen auch sein Geburtsdatum und -ort. Dieser Balg hatte 1929 in Neuilly das Licht der Welt erblickt. Und Neuilly war einen Steinwurf entfernt.

Bereichert durch all diese Entdeckungen brannte ich darauf, die Geschichte meines Bildes aufzuklären. Ich versuchte, Martha Grund zu erreichen, die Frau, die die Monografie zu Schiele verfasst hatte. Sie leitete die Galerie Saint-Alexander in New York. Ihr Vater war einer der aktivsten Galeristen für zeitgenössische Kunst im Vorkriegs-Wien gewesen und seinerzeit der wichtigste Verkäufer von Schiele-Werken. Das hatte auch den Anstoß zu ihrer akademischen Arbeit über den Maler gegeben.

Ich hatte keinerlei Schwierigkeiten, mit dieser alten Dame Kontakt aufzunehmen, die Gott sei Dank perfekt französisch sprach.

Weil eine Frau, die ihr Leben einem umstrittenen Maler wie Egon Schiele gewidmet hatte, bei einer Geschichte wie der meinen wohl nicht gleich in Ohnmacht fallen würde, erzählte ich ihr alles ausführlichst und teilte ihr auch meine jüngsten Schlussfolgerungen mit. Sie lauschte mir, ohne mich ein einziges Mal zu unterbrechen, so andächtig, dass ich mich von Zeit zu Zeit vergewissern musste, ob sie noch am Apparat war.

Abschließend schickte ich ihr noch eine Aufnahme des Bildes, die ich mit meinem Mobiltelefon gemacht hatte.

Sie reagierte nach wenigen Sekunden, länger brauchte das Bild nicht, um den Ozean zu überqueren.

»Wenn es ist, was ich glaube, dann ist es ein Wunder«, erklärte sie mir sehr bewegt.

Am frühen Abend erhielt ich die Biografie übers Internet.

Emma, sitzend – endlich erfuhr ich den Namen dieses jungen Mädchens, das mich seit Kurzem auf meinen Irrwegen begleitete – wurde Schiele 1913 vom Münchner Galeristen Hans Goltz abgekauft.

Dieser veräußerte es an Ismar Breitmann, einen jüdischen Sammler, dessen Besitz 1935 enteignet wurde. Später dann, von Juli bis November 1937, fand sich das Gemälde in der Ausstellung »Entartete Kunst«, wo es zusammen mit Werken anderer zeitgenössischer Künstler die jüdisch-bolschewistischen Zersetzung Deutschlands repräsentierte.

Anschließend wurde es von Göring an Hubert de Lupré, den Beauftragten der Ausstellung *Le Juif et la France*, ausgeliehen und von September 1941 bis Januar 1942 im Pariser Palais Berlitz von zweihunderttausend Besuchern begutachtet. Danach verschwand es für immer.

Martha Grund schloss ihre Nachricht mit folgender Darlegung: Weil die gesamte Familie Breitmann in den Lagern verschollen war und es keinen bekannten Erben gab, sei nunmehr ich, Christophe Leibowitz, der einzige Hüter dieses herrenlosen Guts.

»*Emma* gehört dem, der sie besitzt. Sorgen Sie dafür, dass sie nicht ein zweites Mal verschwindet«, fügte sie nüchtern hinzu.

Nun endlich verstand ich, weshalb Crespin de Fontanille mit den acht von Choukri gestohlenen Bildern so unterschiedlich umging.

Auf der einen Seite die sieben als gestohlen gemeldeten Bilder, deren betrügerische Herkunft nur sehr schwer nachzuweisen und deren Weg durch die Geschichte schwierig zu rekonstruieren war.

Auf der anderen die schamlose *Emma,* deren Geschlechtsteile sich im Hirn jedes zweiten Parisers über siebzig tief ins Gedächtnis eingeprägt hatten.

Mein Besuch im Personenstandsamt von Neuilly erfüllte meine irrwitzigsten Hoffnungen: Crespin de Fontanille lautete der Name der Erzeugerin unseres Faschos, während Papa kein anderer als der unselige Hubert de Lupré war. Am Ende seiner widerlichen Ausstellung hatte er sich den Schiele wohl unter den Nagel gerissen, so wie er sich sein Vermögen zwischen 1940 und 1944 auf dem Kunstmarkt zusammengegaunert hatte, wo er sicher wie der Teufel herumwilderte.

Nun war ich nicht mehr zu halten.

Nach ein paar Recherchen in einem Laden für antiquarische Zeitungen, Rue de l'Arbre sec, erwarb ich eine Tageszeitung vom 5. September 1941 mit einer herrlichen Fotografie des zwielichtigen Hochstaplers auf Seite eins, wie er am Eröffnungstag der Ausstellung *Der Jude und Frankreich* Hermann Göring die Hand drückt – im Hintergrund ein Plakat, auf dem ein menschliches Wesen dargestellt war, oder eher ein menschlicher Albtraum mit Hakennase und habgierig gekrümmten Fingern, der den Erdball in seinen Judenkrallen fest umschlossen hielt.

Ich frohlockte.

Drei Tage später wurde die Kampagne zur Wahl des Kammerpräsidenten offiziell eröffnet.

Die Kandidaten sollten in der ersten Kammer des Appellationsgerichts vor einem Parkett aus Höflingen der Reihe nach ihre Vorstellungsrede halten.

Ich fertigte eine schöne Fotokopie der Frontseite meiner Zeitung wie auch von Crespin de Fontanilles Geburtsurkunde an. Beides steckte ich in einen Umschlag und hinterlegte diesen im allgemeinen Hauspostkorb zu Händen von Le Pelletier-Pouchard, dessen Fratze mittlerweile auf der Wahltafel am Eingang des Umkleideraums prangte.

Ich war nun bereit, allen Gefahren die Stirn zu bieten, und konnte dem Vergnügen nicht widerstehen, bei der Wahlfeier aufzukreuzen.

Bedauerlicherweise trat dann ein völlig Unbekannter auf und informierte uns mit Bedauern über den Verzicht unseres Amtsbruders auf seine Kandidatur. Aus gesundheitlichen Gründen sehe er sich zudem gezwungen, seine Ämter als Mitglied des Kammervorstands niederzulegen.

Ich klatschte frenetisch Beifall.

Und ich war nicht der Einzige.

15

Was geschehen musste, geschah.

Eines schönen Morgens begann das kleine, stets gut sichtbar neben Nicoles Hand abgelegte Zebratelefon plötzlich zu läuten: Lazare, knapp an Kohle, kam aus seinem Bau.

»Er will, dass du ihm Geld auf ein Konto überweist, er hat mir die Nummer genannt.«

»Der soll sich ins Knie ficken! Ich will einen Tausch, Bilder gegen Geld. Ich habs satt, mich ständig aufs Kreuz legen zu lassen. Wie viel will er?«

»Zwanzigtausend.«

»Was?«

»Ja, zwanzigtausend. Hast du die denn nicht? Ich kann dir einen Käufer für deinen Mercedes finden, wenn du willst.«

»Wenn er wenigstens fünfhunderttausend von mir verlangt hätte, ja eine Million … Aber zwanzigtausend! Ich bin ihm wohl nicht mehr wert als ein Gebrauchtwagen?«

»Sag mal, du schwimmst ja in Kohle, du!«

»Das mein ich nicht … Ich dachte ganz einfach, dass er mehr verlangen würde, um seinen Kindern was zu hinterlassen.«

»Welchen Kindern? Er hat nie Kinder gehabt.«

»Dieser blöde Sack!«

Ehe ich wieder nach Genf fuhr, um das Geld für Lazare zu holen, musste ich mit Crespin de Fontanille noch über die Rückgabe der Bilder wie auch über mein Stillschweigen über ihre Herkunft verhandeln.

Der Versuch musste mir unbedingt glücken, wollte ich meinen Arsch als Anwalt retten, bevor man mich wegen Steuerhinterziehung verurteilte. Andernfalls nämlich würde selbst die nachsichtigsten Mitglieder des Kammervorstands mich aus dem Register löschen oder mir doch für lange Monate die Berufsausübung untersagen.

Außerdem war es dringlich, das Missverständnis um das Verschwinden der Bilder gegenüber den Choukris auszuräumen. Garance musste die Werke wieder in die Hände bekommen und ihre gerichtlichen Nachstellungen gegen Amel einstellen.

Damit diese Unterhandlung zum Erfolg führte, setzte ich mich mit dem Anwalt des Faschos in Verbindung, dem werten Herrn Exkandidaten der Kammerwahlen, dem Typen mit der angeschlagenen Gesundheit.

Wir verständigten uns auf einen neutralen Treffpunkt, den sie vorschlagen durften. Ihre Wahl fiel auf den *Cercle militaire,* das Militärkasino.

Da meine finanziellen Mittel es mir nicht mehr erlaubten, meinen Wagen aus dem vierten Untergeschoss der Tiefgarage zu holen, wo ich ihn in Sicherheit gebracht hatte, fuhr ich mit der Metro zum Place Saint-Augustin.

Als ich über die Schwelle dieses Ozeandampfers aus Quadersteinen trat, dachte ich augenblicklich an meinen Vater. Wie glücklich wäre er gewesen, hier aufzukreuzen, er, für den die Aufnahme im *Cercle Interallié,* lange vor meiner Geburt, als einer der schönsten Tage seines Lebens gegolten hatte!

Doch im *Cercle militaire* gab es keine Gefälligkeitszulassung, weil man Beziehungen hatte oder es sich was kosten lassen konnte. Nein! Dort musste man schon, um mit den Worten der Marseillaise zu sprechen, *der Ehre Laufbahn eingeschlagen haben, als die Älteren nicht mehr da waren, um deren Staub und derer Tugend Spuren zu suchen.*

Kurzum, man durfte alles sein, nur kein Staatenloser, der sich durch die Geschichte geschlängelt hatte.

Hier und da im Großen Salon saßen, inmitten von Feldzugsberichten und Schlachtenstücken, überaus alte Herren und warteten mit heiterer Gelassenheit im Kreise der Ihren auf den Tod.

Die zwei Taranteln hatten ihr Netz in einer Ecke gesponnen. Als sie mich kommen sahen, bemerkte ich eine Veränderung in ihrer Haltung – so etwas wie Ehrerbietung gegenüber dem abgefeimten Kerl, für den sie mich neuerdings hielten. Ich hatte den Ritterschlag empfangen und durfte in den Pausenhof der Großen eintreten.

Sie warteten darauf, dass ich das Wort ergriff, aber ich steigerte meine Wirkung und hielt das Maul.

Le Pelletier-Pouchard kochte förmlich und fuhr die Sporen aus, wurde aber sofort durch eine gebieterische Geste seines Herrn und Meisters gebremst.

Dieser, von leichenhafter Magerkeit, fixierte mich mit seinen kalten Augen und eröffnete dann mit gemessener Stimme das Gespräch.

»Leibowitz, worum geht es Ihnen eigentlich genau? Denken Sie etwa, ich würde mich für dieses lächerliche Foto schämen, das sie wie eine elende Ratte in den Barettkasten meines Anwalts gesteckt haben? Ich mag keine Skandale, gewiss, doch das will noch lange nicht heißen, dass ich auch nur die geringste Kritik gegenüber meinem Vater hege, dessen Ansichten, worüber ich mich sehr freue, erneut ihre Anhänger zu finden scheinen. Im Übrigen braucht man Sie ja nur anzusehen, Sie und den Auswurf, den Sie verteidigen, um den Beweis zu erhalten, dass er tatsächlich recht hatte.«

Ich suchte verzweifelt nach irgendetwas Schneidendem, irgendetwas, das diesem schändlichen Typen angemessen gewesen wäre, doch es kam nichts.

Und tatsächlich, es begann sich tatsächlich wieder zu rühren, das abscheuliche Tier. Ungeheuerlich sich aufrappelnd sogar. Schändung jüdischer Friedhöfe – im Elsass der neue Zeitvertreib für verregnete Wochenenden … Hetzjagden gegen das Rattenpack von Arabern mit überraschenden Wendungen: »Eigentlich sind wir ja losgezogen, um Makaken plattzumachen, weil wir aber keinen gefunden haben, der allein rumgetappt ist, haben wir uns ’ne Schwuchtel gegriffen« … Keine rosigen Aussichten für Sündenböcke …

»Ich will, dass Sie sich aus dem Fall Choukri zurückziehen und dass Sie Ihre Beziehungen spielen lassen, um meiner Steuerprüfung ein Ende zu setzen. Als Gegenleistung werde ich Ihnen Ihre Bilder zurückgeben. Den Schiele behalte ich für mich, versteht sich.«

»*Emma* ist ein Werk, an dem ich ganz besonders hänge. Aber ich will Ihnen gestehen, ich war auf Schlimmeres gefasst. Dass Sie beispielsweise den Rächer und Gerechtigkeitsfanatiker spielen möchten.«

»Den Gerechtigkeitsfanatiker? Wozu? Wo die Gerechtigkeit Gottes doch bereits über Sie niedergefahren ist. Ich mag ihn recht gern, den guten Henri, mit seinen haarsträubenden Anzügen und seinen niedlichen Freundinnen. Er zeigt uns, dass das Leben stets seinen Weg findet. Sobald Sie krepiert sind, wird er alles auf den Kopf hauen, die Bilder, die Immobilien, den Namen; alles! Von Ihrer ruhmreichen Dynastie wird letztlich nur noch der Marshmallow übrig bleiben, die fröhliche geblümte Tunte, und das ist gut so! Ich will Sie nicht wieder sehen, Monsieur. Ich werde die Bilder der Untersuchungsrichterin aushändigen. Und was Sie betrifft, Kollege, tun Sie nur weiter so, als ob Sie mich nicht kennen.«

Darauf erhob ich mich majestätisch, ging davon und überließ die beiden Kotzbrocken ihren genealogischen Betrachtungen.

Drei Tage später erhielt ich zu meiner großen Überraschung einen Anruf vom Hauswart meines Wohnhauses. Meine Möbel hatten wieder zurück an ihren Platz gefunden, begleitet von dem unvermeidlichen Formular, welches ein Gerichtsvollzieher in der Hausmeisterloge hinterlassen hatte und das binnen kürzester Frist unterzeichnet zu meiner Steuerinspektorin gebracht werden musste.

16

Die nie verblühende Marie-France, prachtvoll auf dem Höhepunkt ihrer Vierziger, beobachtete mich über den Rand ihrer Brille hinweg.

Ich wartete artig schweigend, meine Fleißpunkte zu kassieren.

»Ich habe gute Neuigkeiten: Die Behörde hat entschieden, die Strafverfolgung gegen Sie einzustellen.«

»Dann schulde ich Ihnen also nichts mehr?«

»Mir für mein Teil haben Sie ohnehin nie etwas geschuldet, Monsieur Leibowitz. Sie schulden der Staatskasse die Summe, die wir Ihnen mitgeteilt haben, zuzüglich der Verzugszinsen. Was die Strafzahlungen angeht, so habe ich Ihnen ja bereits gesagt, gut gestanden ist halb gebüßt.«

»Ich verstehe nicht.«

»Wir befinden uns hier nicht in einer Bananenrepublik, Monsieur Leibowitz. Eine Schuld gegenüber dem Staat tilgt man nicht mit einem Telefonat.«

Ich hockte auf meinem Stuhl und verharrte bewundernd vor ihrem adretten mauvefarbenen Kostüm von der Stange.

»Haben Sie kürzlich eine bedeutende Schenkung erhalten, die uns anzugeben Sie versäumt hätten?« Sie richtete ihren Lehrerinnenblick auf mich.

Vor meinem geistigen Auge erstand schemenhaft ein Universum ... Ein Garten wie von Le Nôtre entworfen und mit der Schnur gezogen... Eine Augenweide verwinkelter und beschaulicher grüner Rasenflächen, aus denen hier und da Felsblöcke unerschütterlicher Gewissheit herausragten.

Trigonometrische Marie-France.

Mit einem Mal erinnerte sie mich an eine Geschichte, die mir ein Militär erzählt hatte, der im Krieg von 39 bis 45 ein Regiment Schützen befehligt hatte. Deren Maultiere waren bisweilen derart bockig, dass man unter ihrem Bauch ein Feuer entfachen musste, damit sie sich endlich bewegten. Und selbst dann trabten sie manchmal bloß einen Meter weit.

Sogar Tarik wäre in diesen Fall an seine Grenzen gestoßen.

Respekt, Marie-France.

Diese Frau war in all ihren früheren Leben Steuerinspektorin gewesen. Niemals würde sie von mir ablassen, selbst wenn der Finanzminister höchstpersönlich damit drohte, ihr die Bälger umzubringen. Ich beschloss, die Waffen zu strecken.

»Einhundertfünfzigtausend Euro! Ich habe einhundertfünfzigtausend Euro bekommen.«

Ohne meinen Wagen mitzurechnen, hatte ich die Beträge, die ich für die laufenden Ausgaben von meinem Geheimkonto abgehoben hatte, auf ungefähr diesen Betrag überschlagen.

Eine plausible, vom Ton reuiger Niedergeschlagenheit untermalte Lüge.

»Von wem?«

»Eine Bande Ganoven, die außerstande sind, ihre Einkünfte zu belegen …«

»Aneignung von Gewinnen aus einer Straftat, also …«

»Nein, schlicht und einfach Honorare. Strafverteidigerhonorare zur Vergütung einer Arbeit. Der Dealer bezahlt uns mit Drogengeld, die Nutte mit dem Geld ihrer Blowjobs. Häufig in Zehner- oder Zwanzigerscheinen. Wir sind wie der Zoll oder der Fiskus, Marie-France, wir besteuern die Arbeit, was für eine das auch immer sein mag.«

Folglich war es keine Schenkung.

»Sie haben offenbar nicht die geringste Vorstellung, wie viel ein Anwalt kassiert, um einen Minister oder einen Prominenten zu verteidigen? Das Doppelte, wenn nicht sogar das Dreifache. Manchmal zahlt auch der Staat selbst, etwa wenn ein Präfekt auf Korsika den Pyromanen spielt.«

»Falls diese Leute Steuern hinterziehen, würde ich sie ebenfalls höher veranlagen!«

Ich wollte die Sache zu einem schnellen Ende bringen und stellte einen Scheck für die erste Rate aus, so wie sie auf dem weißen Vordruck, den Marie-France mir reichte, ausgewiesen war.

»Sie sind eine im Erdboden vergrabene Antipersonenmine, und ich, ich hatte das Pech, auf Sie zu treten.«

Zum ersten Mal brachte ich sie zum Lachen. Das Bild gefiel ihr.

Explosive Marie-France.

17

Ich schaute in die Berge rund um den Genfer See und rief mir meinen ersten Besuch an diesem Ort wieder ins Gedächtnis zurück. Es war Sommer, die Cafés waren brechend voll von Barbies mit Brüsten wie Granaten, und ich rauchte Stuhlbeine in Erwartung, einen dicken Packen Kohle zu kassieren.*

Die Stimmung hatte sich geändert.

Es fror Stein und Bein, und die Terrassen waren verwaist.

Mir war traurig zumute. Ein wenig so wie Ikarus, wäre er mit den Flügeln in eine Hochspannungsleitung geraten.

Auf meinem Weg zur Dresdner Private Banking hielt ich kurz an der nicht offenen Schlittschuhbahn im Viertel Bel Air. Eine saudi-arabische Familie, die sichs gerade gut gehen ließ und unter den umsichtigen Augen ihrer Leibwächter kurzatmig und stockend übers Eis zockelte, verhagelte mir die Stimmung endgültig.

Feudal on ice.

Es war mir nicht vergönnt, die zwanzigtausend Euro abzuheben, ohne von Seiten des hochgelehrten Otto Hemschwiller, dem für mich zuständigen Sachbearbeiter, eine ebenso elegische wie ausführliche Schilderung der Börsenlaune über mich ergehen lassen zu müssen.

»Unser Geld verliert Geld«, seufzte er.

---

* Siehe *Der Lumpenadvokat* (Anmerkung der Autorin)

Welch ein Poet!

Weder die kleinen Schokoladentäfelchen mit den Bildchen von Kühen vor Hochgebirge noch den Kaffee, den man mir brachte, rührte ich an.

Als diese Formalitäten bewältigt waren, fuhr ich nach Paris zurück und vergrub mich wieder in meinem Hotel.

Ein paar Tage nach meiner Rückkehr schickte Lazare einen seiner Spießgesellen zu Nicole, die zwanzigtausend Euro entgegenzunehmen und die noch immer sorgfältig verpackten Bilder zurückzubringen.

Ich holte sie dort ab und brachte sie umgehend in den Justizpalast.

»Die hat man mir gerade vor ein paar Minuten in meine Kanzlei bringen lassen«, erklärte ich, während ich die Gemälde auf Garances Schreibtisch ablegte.

Sie schaute mich verkniffen und misslaunig an, als sei sie mit dem linken Fuß aufgestanden.

»Man?«

»Ja, *man!*«

»Frau Gerichtsschreiberin, nehmen Sie bitte zu den Akten, dass Maître Leibowitz uns am heutigen Tag sieben Gemälde übergibt …« Mit den Fingerspitzen hob sie den Bogen Packpapier an, wodurch etwas sichtbar wurde, was mir ein Chagall zu sein schien. »… Sieben Gemälde, deren Urheber, Echtheit sowie Herkunft noch zu bestätigen sein werden.«

»Das sind die von Choukri gestohlenen Bilder!«

»Sie scheinen mir da recht sicher … Mehr oder weniger sicher als an dem Tag, als die Box Ihres Mandanten durchsucht wurde?«

Statt darauf einzugehen, setzte ich erneut zum Angriff an. »Jetzt, wo die Kunstwerke doch zurückerstattet sind, wäre es da unangebracht, Madame la Juge, Sie zu fragen, ob Sie weiterhin gedenken, Amel Choukri in dieser Sache zu vernehmen?«

»Ja, denn ich habe Ihnen darauf nicht zu antworten, Maître. Mademoiselle Choukri hat einen anderen Anwalt bestimmt, wie im Übrigen auch ihr Bruder Aziz.«

»Aha!«

»Ich sehe, es überrascht Sie keineswegs, dass in puncto Missstimmung Einmütigkeit über Sie herrscht.«

Ich wich ihrem Blick aus und fixierte meine Füße. »Schon möglich.«

»Verzeihung?«

»Ich sagte: Schon möglich.«

Während Garance ihre Gerichtsschreiberin nun anwies, die Kunstwerke zur Asservatenkammer zu bringen, blieb ich hartnäckig mitten im Raum direkt vor ihr stehen.

»Du bist noch da?«

»Ich möchte nicht, dass du glaubst …«

»Aber ich glaube doch überhaupt nichts, Christophe. Du bist immer schon vollkommen daneben gewesen. Mir selbst nehme ich es übel, dass ich das vergessen hab, das ist alles.«

Niedergeschmettert von dieser ebenso gesunden wie von Menschenverstand strotzenden Aussage nahm ich Abschied von ihr.

Am darauffolgenden Sonntag trat ich den Gang nach Canossa an, um vor Madame Choukri auf die Knie zu fallen, auf dass sie sich bei Tarik für mich verwenden und dieser die gegen mich verhängte Fatwa aufheben möge. Wie weiland Kaiser Heinrich IV., der drei Tage lang barfuß im Schnee wartete, dass Papst Gregor VII. ihn gnädig empfangen und vom Bann lösen möge, ließ man mich eine geschlagene

Stunde lang, im schönsten Unwetter, auf der Schwelle des familieneigenen Kolonialwarenladens anfrieren.

Als sie dann endlich geruhte, meiner Existenz Rechnung zu tragen, geschah dies nur, um mir ostentativ den Rücken zuzudrehen, und so empfingen mich schließlich ihre beiden Söhne, Amin und Ichem, die Pizzalieferanten.

Ich erzählte ihnen alles: Wie ich zwar folgsam ihre Befehle ausgeführt hatte, mich danach aber habe übertölpeln lassen. Und wie es mir dann gelungen war, die Situation wieder geradezubiegen, indem ich aus meiner eigenen Tasche Geld draufblätterte, um die Gemälde wiederzubekommen und sie der Richterin aushändigen zu können.

Die beiden Brüder maßen mich voller Abscheu. Nach einer Stille, die mir lang wie die Ewigkeit vorkam, fiel das Urteil.

»So Juden wie du, die sinds nicht mal wert, dass man sie abmurkst.«

»Verpiss dich.«

»Leiiiibowitz« hatte nicht übel Lust, zuzuschlagen und loszubrüllen, da er jedoch wusste, dass er nichts zu ändern vermochte an dem ungeheuren Aberwitz der Welt, enthielt er sich dessen.

Im Laufe der Wochen fand ich allmählich wieder zurück in mein Dasein und zu meinem Platz an Jos Tresen.

Ich hatte mein Anwaltsleben mit zwei Kunden neu gestartet; alle beide hatten mich gelinkt.

Der Eigentümer des Gebäudes, in dem sich meine Kanzlei befand, ersuchte mich freundlich, meine restlichen Sachen zu räumen, um die durch den Brand entstandenen Schäden zu reparieren, und vor allem, mich nie mehr blicken zu lassen.

Mein Freund Bertrand, die Ausgelassenheit selbst, empfing mich mit offenen Armen und stellte im Büro seiner

Sekretärin den Schuhkarton wieder in Dienst, der für die Aufnahme meiner Post bestimmt war.

»Ich hab doch immerhin mehr als drei Monate durchgehalten«, entgegnete ich, etwas gekränkt, ehe ich ging.

Martha Grund kam nach Paris, um *Emma, sitzend* zu bewundern und zu fotografieren, das einzige Bild, das in ihrem Werkverzeichnis fehlte.

Im Augenblick, da ich diese würdevolle alte Dame mit dem sprühenden Blick sah, diese Expertin, die ihr ganzes Leben Schieles Werk gewidmet hatte, begriff ich, dass ich es nicht verdiente, dieses Gemälde meiner alleinigen Bewunderung vorzubehalten. Also übergab ich ihr *Emma,* damit diese nach Österreich heimkehrte, stellte allerdings die Bedingung, an der Museumswand, an der sie aufgehängt würde, dürfe nicht bloß eine jener heuchlerischen Abkürzungen erscheinen, wie man sie unter den in Frankreich ausgestellten Raubkunstwerken findet, sondern eine detaillierte Schilderung von Emmas gesamter Wanderschaft.

Sie schwor es mir.

Eines Februarmorgens, ich thronte gerade auf meinem Barhocker und las seit annähernd zwei Stunden gewissenhaft meine Zeitung, läutete mein Mobiltelefon.

Nicole teilte mir mit, sie habe endlich Lazare anhand von Briefen der Sozialversicherung, die bei ihr angekommen seien, ausfindig gemacht. Er halte sich irgendwo in der Stadt Vichy auf. Sie bat mich, sie zu begleiten, um ihn aufzuspüren.

Überrumpelt und weil ich ohnehin sonst nichts zu tun hatte, willigte ich ein, versäumte aber gleichwohl nicht, ihr meine Ratlosigkeit darüber zu bekunden, wie wir ihren ehemaligen Verlobten aufstöbern sollten, ohne zu wissen, wo genau er wohne.

Als Antwort knallte sie mir eine Argumentation hin, die ziemlich stichhaltig war.

Lazares Vater hatte ja Pétains unmittelbarer Garde angehört und sich mit seiner Familie von 1941 bis 1944 in Vichy häuslich niedergelassen. Wenn sein Sohn also diesen Ort zum Sterben gewählt habe, so nur deshalb, weil er dort als Kind die einzige glückliche Zeit seines Lebens verbracht habe.

Folglich müsse er sich dank den zwanzigtausend Euro, die er mir abgezockt habe, in einem der Hotels aufhalten, wo die damalige Vichy-Regierung untergebracht war. Wir bräuchten nur die Leute, denen wir begegneten, nach jener Zeit befragen, um ihn ausfindig zu machen.

Als wir dann aus dem Bahnhof kamen, erwies sich das Unterfangen als weniger einfach, als es zunächst schien.

Vichy sah auf den ersten Blick genau wie jede andere Provinzstadt aus.

Mit dem Besitzer des *Kabil Kebab* von der Rue des Célestins feilten wir schließlich unsere Strategie aus. Seiner Meinung nach würde uns nämlich niemand in ganz Vichy Auskunft geben, weil die Leute sich vor Revisionisten auf Sauftour und Nostalgikern der Kollaboration in Acht nähmen. Dennoch habe das Fremdenverkehrsbüro einen Plan herausgebracht, auf dem die Standorte der wichtigsten Ministerien zwischen 1940 und 1944 stünden. Die alten Hotels lägen weiter unten, beim Ufer des Allier, im Thermalviertel, doch seines Wissens nach hätten sie allesamt geschlossen oder seien zu Appartementhäusern umgebaut worden.

Der Typ vom Kebabladen war indes noch weit von der Realität entfernt. Denn schließlich durchschritten wir, den

Plan jener Zeit vor sechzig Jahren in der Hand, eine in eisigem Nebel versunkene Geisterstadt.

Verwaiste Straßen. Gewaltige Art-déco-Paläste: Majestic, Hôtel des Princes, Les Ambassadeurs, Carlton. Zugemauert oder in Privatwohnungen umgewandelt.

Die Quelle der *Célestins* mit ihren verplombten Kränen stand, sprichwörtlich, allen Winden sperrangelweit offen.

Diese Stadt erinnerte mich an Sartres Stück *Die Fliegen.*

Was die Leute von Argos betrifft, so haben sie anderntags, als sie ihren König im Palast brüllen hörten vor Schmerz, nach wie vor nichts gesagt, sie haben über ihre vor Wollust verdrehten Augen die Lider gesenkt, und die Stadt war wie eine brünstige Frau.

Über Argos hatten die Götter die Pestilenz gesandt als Strafe dafür, dass die Bewohner die Ermordung ihres Königs zugelassen hatten. In Vichy erschien die Strafe als Konkurs.

Wir kamen nur langsam vorwärts, denn Nicoles hochhackige Schnabelschuhe von Dior quälten sie entsetzlich.

Wir begannen mit dem Hôtel du Parc, dem Sitz der Französischen Regierung, landeten aber einen Schuss ins Wasser. Das Gebäude war in Appartements zerteilt worden, nur den dritten Stock, in dem Pétains Amtsräume noch im Originalzustand lagen, hatte ein Verein zur Pflege seines Andenkens erworben.

Hôtel de Lisbonne, Hôtel de Séville, Hôtel Métropole: Sitz und Büro der Miliz – alle leerstehend oder geschlossen.

Hôtel Bellevue, Staatssekretariat des Inneren: leerstehend.

Hôtel Astrid, Amt für Propaganda: leerstehend.

Hôtel Algéria, Kommissariat für Judenfragen: leerstehend.

Und so weiter.

Nach dreistündigem Fußmarsch hatten wir sämtliche Staatsorgane inspiziert, da brach Nicole mitten auf dem

Boulevard de Russie einer ihrer Absätze ab und stürzte auf die Fahrbahn.

Als ich daraufhin versuchte, dieser in eine Vielzahl Tierschwänze verhedderten Kreatur mit azurblauem Fell aufzuhelfen, verkündete sie mir, sie gedenke, keinen einzigen Schritt mehr zu tun.

»Soll ich dir denn vor dem Zentralausschuss für die Versorgung der Konfitüren- und Obstkonservenindustrie den Gnadenstoß geben?«, fragte ich, meinen Plan in der Hand.

»Es reicht!«

»Oder wärs dir lieber, ich zieh dich auf den Bürgersteig gegenüber, vor die Zensurbehörde.«

»Ich hab im Sofitel reserviert. Wir lassens bleiben. Dort gibts ein Balneotherapiezentrum. Ich will, dass man sich um mich kümmert. Los, gib mir deinen Arm ...«

»Wo liegt denn unser Hotel, auf der Karte hier?«

»Boulevard des États-Unis, aber es wurde gerade erst eröffnet.«

»Sieh mal: Es klebt direkt am Hôtel Portugal, in dem dic Gestapo untergebracht war. Lazare kann nur dort sein.«

Mit einem erschöpften Röcheln wünschte sie mich zum Kuckuck.

»Ist gar kein Umweg; wir kommen direkt dran vorbei ...«

Doch wieder einmal stieß unser humpelndes Gespann auf eine zugemauerte Tür.

Zuletzt war es ein purer Zufall. Ich lag gerade auf dem Bauch und kämpfte mit Müh und Not gegen eine Erektion an, als Ergebnis der »Vierhändigen Massage mit Aprikosenöl«, zu der ich mich angemeldet hatte. Da erlauschte ich aus dem Raum nebenan ein Gespräch.

Zwei fidele Zimmermädchen unterhielten sich über den Typen von 206, einen Alten mit einem Haufen Kohle, der das Sofitel anderthalb Monate lang mit einem Hospiz verwechselt hatte. Sie freuten sich darüber, dass er nun endlich tot war, weil sie seine ständigen Sonderwünsche und sein vollgepinkeltes Bettzeug leid waren.

Eine von ihnen erzählte eine Anekdote. Eine Freundin habe ihr Neugeborenes mitgebracht, ein Mischlingskind, das sie von ihrem Freund aus Martinique bekommen habe. Sie wollte es ihren Kolleginnen zeigen.

Besagter Typ habe eine monströse Bemerkung über das Kleine von sich gegeben:

»Eine Kreuzung zwischen Eselin und Pferd geht ja noch; das ergibt wenigstens ein Maultier. Aber eine Stute, die mit einem Esel bumst, dabei kommt nur ein Maulesel raus. Und ein Maulesel, der taugt zu gar nichts.«

Das war Lazarem, wie er leibte und lebte. Schief gewickelt bis zum letzten Atemzug.

Plötzlich standen mir die Gründe meines Grolls in ihrer ganzen Klarheit vor Augen, um sogleich wieder zu verschwinden.

Nicht weil der Alte mich dem Flammenwerfer von Tarik dem »Irren« aussetzte, hatte ich einen Rochus auf ihn. Weit gefehlt.

Ich hatte Schuldgefühle, weil ich diesem stolzen Fascho gegeben habe, was ich meinem schamhaften Juden von einem Vater stets verwehrt hatte. Seinetwegen fühlte ich mich beschissen.

Schließlich hielt es mich nicht mehr länger, ich ließ die Massage Massage sein, um in den Raum zu platzen, in dem Nicole unter einer »Wohlfühl-Schlammpackung mit Thermalalgen« ruhte.

»Ich hab ihn gefunden. Er war hier, in unserem Hotel, allerdings ist er jetzt tot.«

»Oh, nein!«, meinte einfach nur die gestrandete Seekuh, und Tränen flossen über den Schlamm, der ihr Gesicht bedeckte.

»Eins, zwei, eins, zwei, schön die Knie hochziehen. Los, Monsieur Leibowitz, immer schön mitmachen! Eins, zwei, wir spannen die Pomuskeln kräftig an. So, gut … jetzt sind wir im Rhythmus … Hopp … Hopp … Hopp …«

Nicole verließ Vichy in Trauer und ließ mich allein.

Weil nichts und niemand irgendwo auf mich wartete, bin ich geblieben, um meine groteske Balneotherapie bis zum Ende durchzustehen.

Ich schloss Bekanntschaft mit dem Barmann, der Juan hieß. Er verstand sich auf gepflegte Unterhaltung und braute kräftig reinhauende Margaritas.

Wenn meine Erinnerungen sich nicht in Mineralwasser auflösen lassen, dann doch sicherlich in Alkohol, sagte ich mir, und darüber lachte ich mich schief.

Während Juan mir meinen dritten Cocktail servierte, beobachtete er durch die Fensterfront des Hotels die drohend sich am Himmel auftürmenden Wolken.

»Morgen wird es schon wieder den ganzen Tag lang regnen!«

»Mein Vater stellte sehr schöne Regenschirme her«, meinte ich zu ihm, in Frieden mit mir selbst, und betrachtete dabei die ersten fallenden Regentropfen.

Epilog

Bergamote ist bereit. Den Rock geschürzt über ihrer leicht geöffneten und von rötlichem Haar eingefassten Muschi, wartet sie, dass ich endlich zu Werke gehe.

Ein schüchternes und etwas gezwungenes Lächeln hellt ihr Gesicht auf.

Irgendetwas stimmt nicht.

An ihrer Interpretation *in vivo* des Schiele-Gemäldes liegt es nicht: Die ist perfekt.

Gleichwohl steht er mir nicht.

Tatsächlich realisiere ich allmählich, dass ich vollkommen neben der Spur bin mit meiner Inszenierung: *Emma, sitzend* ist ein Werk, das nicht im Geringsten mit Sex zu tun hat.

Diese Heranwachsende bot ihre Schamlosigkeit dem Blick Schieles dar und wusste dabei genau, dass der junge Künstler sie nicht bespringen würde.

Dieses Bild stellt einen Augenblick der Reinheit dar, des gegenseitigen Vertrauens zwischen dem Maler und seinem Modell; einen Tag, an dem es Verderbtheit und Gewalt nicht geben würde.

Die Antithese meiner Existenz.

Würde ich *Emma* bespringen, würde mein Leben bloß wieder seinen Lauf nehmen und so ekelhaft dahinrieseln wie bisher.

Ich weine.

Bergamote verzieht sich und knallt die Tür hinter sich zu.

Hannelore Cayre

Hannelore Cayre – Tochter eines tunesischen Vaters und einer österreichischen Mutter, der sie den nicht allzu französischen Vornamen verdankt – ist Strafverteidigerin, schreibt Romane und lebt mit ihrer Familie im 19. Arrondissement von Paris. Davor war sie Finanzchefin bei einer Filmproduktionsfirma und nebenbei Filmemacherin. Ihr Kurzfilm *Albertina a maigri* wurde mehrfach ausgezeichnet. Allerdings fing das Finanzwesen an, sie zu langweilen; die Juristerei hingegen faszinierte sie immer mehr. Cayre spezialisierte sich auf Strafrecht und wurde Pflichtverteidigerin – genau in dem Milieu, das sie in ihren Romanen um den Anwalt Christophe Leibowitz beschreibt: an den Rändern der Gesellschaft, dort, wo man als Honorar manchmal in Naturalien bezahlt wird – eine Kiste Tomaten, Knoblauch oder Hühner. »Als Strafverteidigerin in Créteil arbeitet man mit und in dem Milieu, das aus der Immigration entstanden ist«, sagt sie und fühlt sich in diesen Kreisen äußerst wohl.

Ein schwerer Autounfall konnte ihre Energie, ihr Engagement für ihre Klientel und ihren genauen Blick für die tragikomischen Seiten ihres Berufs nicht schmälern. Im Gegenteil … Eine Reihe schwarzhumoriger und raffiniert geschriebener Abenteuer um den Lumpenadvokaten Leibowitz ist geplant, drei Romane sind bereits unter großem Applaus der französischen Kritik und der Leserschaft auf Französisch erschienen, zwei davon liegen auf Deutsch vor, und Verfilmungen sind in Vorbereitung.

Bibliografie

Commis d'office (2004; dt. *Der Lumpenadvokat,* 2007); *Toiles de maître* (2005; dt. *Das Meisterstück,* 2008); *Ground XO* (2007).

Die Lust, ein Flegel zu sein

Von Clémence Vasseur

Hannelore Cayre wurde im vornehmen Neuilly-sur-Seine geboren, doch der Schein trügt. Ihre Kindheit erlebte sie in der Pariser Banlieue, der Vater war Tunesier, die Mutter Österreicherin. Das Thema der Entwurzelung zieht sich durch ihr Werk, und von sozialer Mobilität, die allerorts so gern zitiert wird, ist darin keine Rede. Gleich zu Beginn des ersten Romans *Der Lumpenadvokat* erwähnt sie Frédéric Moreau und liefert die grimmige Beschreibung des Justizpalasts, in dem ihr Romanheld Christophe Leibowitz-Bertier, ein abgebrühter Anwalt, sein Dasein fristet. Desillusioniert verteidigt er kleine Delinquenten, die auf die schiefe Bahn geraten sind … Keine leichte Kost, aber dennoch realistisch. Diese Realität kennt Cayre, selbst Pflichtverteidigerin, nur zu gut, hat sie doch mit Anzug- und Krawattenträgern weitaus weniger zu tun als mit Taschendieben und Ganoven. Wozu von spektakulären Fällen träumen? Die sind der kleinen Elite der Anwaltszunft vorbehalten, in die man hineingeboren wird … »Es gibt keinen schlechten Fall, höchstens ein schlechtes Honorar«, ist das Fazit dieser Immigrantin der zweiten Generation, die davon träumte, eine Tochter aus gutem Hause zu sein.

Wie schon Flauberts Held kommt sie naiv und hoffnungsfroh nach Paris. Wie auch er meint sie, dass das Glück dort auf der Straße liegt. Sie möchte Medizin studieren, aber da sie in Mathe nicht gut genug ist, schreibt sie sich eben in Recht ein, denn das Recht bringt einen bekanntlich weit. Sie bemerkt die Kluft zwischen ihrer Kindheit in der Banlieue und ihrem neuen Leben in Paris an der ironischen Miene, die die Leute aufsetzen, wenn sie nach der »Buslinie 83, Richtung Rue d'Assas« fragt. Diese feinen Pinkel, wie sie sagt, heißen nicht Leibowitz-Berthier. Sie erzählt von ihrem Vater, der verzweifelt versuchte, Anerkennung zu finden, und von ihrer Mutter, die ein Filmstar werden wollte, es aber nur zu einer Autogrammsammlung brachte. Ihr literarischer Boden ist eine Pariser Schlafstadt, Leere, Neid, Distanz.

Auch ihre Romanfigur stammt aus einem Milieu ohne Vergangenheit, ohne Geschichte, ja sogar »ohne echtes Judentum«.

Nach ihrem Jurastudium zieht es sie zum Film, und Anfang der Neunzigerjahre dreht sie zwei Kurzfilme (*Albertina a maigri,* eingeladen auf Filmfestivals in Avoriaz und Brüssel und ausgezeichnet mit dem Prix Procirep 92, sowie *Vivre son patrimoine,* gezeigt auf dem Festival Film de Femmes in Créteil). Danach kehrt sie wieder zur Juristerei zurück, ohne jedoch das Kino zu vergessen. Sie spezialisiert sich auf Urheberrecht und wird Finanzdirektorin bei France 3 Cinéma. Doch die kreative Cayre, die schon von klein auf schreibt und leidenschaftlich gern liest, ist unterfordert. »In dieser Zeit gab es für mich die Bücher, sonst nichts«, erinnert sie sich. Sie kündigt ihre Stelle bei France 3 und möchte ihr Leben umkrempeln. Mit 27 Jahren schreibt sie ihren ersten Roman, der jedoch abgelehnt wird. Ein tragischer Autounfall macht ihr einen Strich durch die Rechnung und fesselt sie für zwei Jahre an ein Krankenhausbett. Sie überlebt und bleibt ihrer Kämpfernatur treu. Drei Jahre verbringt sie in Chile und adoptiert ihr erstes Kind. Sie schreibt weiter, es entsteht *La guerre des Saintes,* ein Drehbuch, das trotz sattem Vorschuss ein Film auf dem Papier bleiben soll, wie es in der Filmsprache heißt. Immer den Kopf oben behalten, ist ihre Devise. Sie nimmt ihr Studium wieder auf und wird 1997 vereidigt. Was nun? »Ich wollte keine ruhige Kugel schieben«, sagt sie, eine Frau, die weiß, was sie will. Sie optiert also, wie ihr Ehemann, fürs Strafrecht. Doch gleichzeitig beginnt sie, wieder zu schreiben, notiert sich, was ihr unterkommt, in Akten, von Amtskollegen, aus den Kulissen des Justizpalasts. Der Umweg über den Film und ihr Sinn für die pointierte Szene verleihen ihrem Schreiben Schärfe und Anschaulichkeit. Sie sucht die Wirklichkeit, frei von Klischees und konventionellem Schwarz-Weiß-Denken. Auf dem Postweg verschickt sie ihr Manuskript. Aus den Éditions Métailié, die in der Regel keine französischen Autoren verlegen, kommt drei Tage später ein Anruf. Ein Erfolg, der auch frischen Wind in die enge Welt des französischen *roman noir* bringt.

Ihr Debüt *Der Lumpenadvokat* ist vor allem eine Gesellschaftssatire, eine Kritik des Justizbetriebs, eine Offenlegung der menschlichen Natur, die auf Verzweiflung, Gewalt und manchmal auch auf Hoffnung gründet. Sie versteht sich als Fürsprecherin der »Kleinen« wie sie, der Lumpenadvokaten, die als Pflichtverteidiger bereitstehen – zu Winzigstgehältern, »mit denen man gerade mal den Einkaufswagen füllen kann«. Ihnen sind die höheren Anwaltskasten auf immer verschlossen, weil sie andern nicht nach dem Mund reden. Sie stellt die Schattenseite der Strafrechtler ins Zentrum, die feine Grenze zwischen Legalität und Illegalität, wo die Inhaftierung des Täters erst recht zu neuen Straftaten führt. Sie hat einen Satz von Simone de Beauvoir verinnerlicht, der lautet: »Um die Menschen zu verstehen, muss man die Extreme erforschen.« Ihr Feld ist die Menschlichkeit, die Verzweiflung, samt ihrer selbstzerstörerischen Seite. Beim Verteidigen muss man in die Persönlichkeit eintauchen, mit allen ihren mörderischen Abgründen und krankhaften Gedankengängen. Der Mensch ist weder weiß noch schwarz, genau hier liegt die Ambivalenz der Justiz. Um Recht zu sprechen, muss man verstehen, und wenn man versteht, muss man akzeptieren, dass man sich täuschen und falsch urteilen kann.

Während ihrer Ausbildung hörte sie, man solle sich davor hüten, Mitgefühl für den Klienten zu empfinden. Sie widerspricht heftig: »Was für einen Sinn hat dieser Beruf, wenn man sich nicht ganz und gar hineingibt?« Sie denkt wieder an den Dieb von Darien und an das unbeschreibliche Vergnügen, das eine Grenzüberschreitung mit sich bringt. Leibowitz ist wie eine dieser Zeichentrickfiguren, die ständig eins übergebraten bekommen: Sie stehen immer wieder auf. Ein typischer Antiheld.

Und die Kritik aus den eigenen Reihen? Darauf pfeift sie. Im Übrigen kommen, seit ihre Bücher erschienen sind, die Kollegen zu ihr, um sich zu bedanken und ihr sogar neue Ideen zu liefern. »Sie alle erkennen sich irgendwie darin wieder. Und außerdem: Macht es nicht Spaß, ein Flegel zu sein?«

Aus: *magazine Avocats et Droit*, Nummer 16, Mai 2006

Hannelore Cayre im Unionsverlag

Der Lumpenadvokat

Christophe Leibowitz ist ein Winkeladvokat, wie er im Buche steht: schlitzohrig, mit großem Herz und immer in Geldnöten. Dass er Karriere gemacht hätte, kann man nicht behaupten, denn als Pflichtverteidiger vertritt er vor allem Zuhälter und Kleinkriminelle aus der Pariser Banlieue.

Da bittet ihn sein erfolgreicher Anwaltskollege Lakdar um einen Gefallen: Für eine Million Euro soll er mittels Rollentausch einen üblen Schurken aus dem Knast holen. Der Coup gelingt, Leibowitz sitzt anstelle des Schurken die Strafe ab und freut sich auf den Lohn, der ihn erwartet. Doch Lakdar wird der Mitwisser Leibowitz nach getaner Arbeit lästig. Womit er allerdings nicht gerechnet hat: Leibowitz hat Sinn für Gerechtigkeit und kann ganz schön fies werden.

»Ein meisterhafter und brillanter Krimi auf erzählerisch höchstem Niveau. Atmosphärisch dichtes Lesevergnügen, das zu den Highlights der Krimiliteratur der letzten Jahre gehört!« *Lutz Moldenhauer, Der evangelische Buchberater*

»Spitze! Lange auf eine wie sie gewartet, die legitime Nichte von Manchette. Witzig und von der Art, die der Bourgeoisie ins Bein beißt und oben in die Hand.« *Tobias Gohlis, Arte*

»Die Strafverteidigerin Cayre arbeitet an Pariser Gerichten mit Dealern, Mädchenhändlern, Mördern, Betrügern und sonstigen Klein- wie Großkriminellen aus aller Herren Länder; das heißt, dass sie weiß, wovon sie schreibt – und dass sie gelernt hat, die Dinge beim Namen zu nennen. Der Plot dient der – grandios aufgelegten und tatsächlich durch und durch respektlosen – Autorin nur als Folie, um ein Sperrfeuer an politisch unkorrekten, bösartigen, treffenden Witzen und Situationsbeschreibungen in die Welt zu jagen, deren Qualität sich ganz offensichtlich aus genauer Kenntnis und dezidierter Beobachtungsgabe speist, kombiniert mit Sprachgenie und Sinn für Pointen.« *Ulrich Noller, WDR*

Aus dem Französischen von Stefan Linster
ISBN 978-3-393-00379-8

Mehr über Autorin und Werk auf *www.unionsverlag.com*

Weiter lesen mit dem Unionsverlag ...

LEONARDO PADURA *Der Nebel von gestern*
Mario Conde schlägt sich mehr schlecht als recht als Antiquar durchs Leben. All seine Geldsorgen scheinen gelöst, als er auf eine außerordentlich wertvolle, alte Bibliothek stößt. Zwischen den bibliophilen Kostbarkeiten entdeckt er auch das Porträt der verstorbenen Bolero-Sängerin Violeta del Río aus den Fünfzigern. Es ist um ihn geschehen. Auf der Suche nach ihr dringt er vor in das wilde Havanna von gestern, aber auch in das zerfallende, melancholische Havanna der Gegenwart.

TSCHINGIS AITMATOW *Das erzählerische Werk*
Aitmatows Werk umfasst eine große Zahl an Romanen, Erzählungen und Novellen, die in über neunzig Sprachen übersetzt und mit zahlreichen Preisen ausgezeichnet wurden. Die Ausgabe seines erzählerischen Werks versammelt in sechs Bänden die Romane, Novellen und Erzählungen, dazu autobiografische Texte, Theaterstücke und Romanfragmente.

YAŞAR KEMAL *Die Hähne des Morgenrots*
Die vom Krieg zusammengewürfelte Gemeinschaft auf der Ameiseninsel wächst und wächst. Und auch das Heimweh wächst: Der berühmte Pferdezüchter Aga Efendi will um jeden Preis zurück auf sein geliebtes Kreta. Er reist nach Istanbul und Ankara, bestürmt Botschafter und Minister und bäumt sich auf gegen eine gedankenlose Weltpolitik, die nach dem Ersten Weltkrieg Millionen von Menschen umgesiedelt und in die Katastrophe geführt hat.

RAÚL ARGEMÍ *Chamäleon Cacho*
Ein Krankenhaus in der argentinischen Provinz. Manuel Carraspique, Journalist aus Buenos Aires, wacht aus dem Koma auf. Er weiß nur noch seinen Namen und Beruf. Im Nebenbett liegt ein entstellter indianischer Exorzist. Manuel wittert die Story seines Lebens und bringt seinen Bettnachbarn zum Reden. In halluzinierenden Gesprächen erzählt dieser von Cacho, der nach Bedarf die Rollen wechselt. Ein atemberaubendes Verwirrspiel nimmt seinen Lauf.

BRUNO MORCHIO *Wölfe in Genua*
Bacci Pagano, der Privatdetektiv mit Hang zu klassischer Musik und Klassefrauen, wird von einer Versicherungsgesellschaft beauftragt, den Tod eines Rentners aufzuklären. Dieser hatte noch im hohen Alter eine millionenschwere Lebensversicherung abgeschlossen. Seine zerfleischte Leiche wurde auf einem bewaldeten Hügel außerhalb Genuas gefunden. Ein schrecklicher Unglücksfall? Bacci bringt Licht ins Dunkel und sich in manch brenzlige Situation.

Mehr über alle Bücher und Autoren auf *www.unionsverlag.com*